아무튼, 달리기

아무튼, 달리기

김상민

위고

차례

1부

출발선

출발선

인적 드문 야심한 밤, 산책로에 한 남자가 서 있다. 목 늘어난 티셔츠, 잘 때와 운동할 때 구분 없이 입는 것으로 추정되는 추리닝 바지, 거기에 어설프게 허우적거리는 스트레칭 자세까지. 여러모로 그에게는 지금 이 상황이 그리 익숙해 보이지 않는다. 어딘가를 굽힐 때마다 관절에선 우두둑거리는 굉음이 이어지고, 체계 없는 준비운동은 대체 무엇을 위한 준비인지 의아함만 자아낸다. 그러던 그가 갑자기 달리기 시작한다. 가로등 불빛을 따라 긴장감 도는 발자국이 하나둘 찍혀나간다. 경직된 팔 동작과 불안정한 호흡에서 이 뜀박질의 슬픈 결말을 예상할 수 있다. 예정된 미래를 아는지 모르는지 그의 레이스는 위태롭게 이어진다. 지금으로부터 5년 전, 선명한 기억으로 남은 첫 달리기의 순간이다.

대단한 계기는 없었다. 이별 직후 상실감을 채우려 온갖 취미를 병적으로 수집하던 때였다. 달리기는 무의식의 통발에 걸린 취미 중 하나에 불과했다. 지인의 추천으로 목록에는 넣었지만 선뜻 마음은 가지 않았다. 누구나 그렇듯 '달리기' 하면 학창시절 지긋지긋했던 체력장의 기억을 떠올리니까. 그런데 시간은 많고, 할 일은 없고, 마음은 적적하던 어느 밤,

'나가서 달려나 볼까?'란 생각이 뜬금없이 떠올랐다.

평소와 다름없는 날이었다. 지금 생각하면 대체 무슨 생각이었나 싶을 만큼 밖으로 향하는 발걸음에는 어떤 기대도 담겨 있지 않았다. 달리기는 이미 삶에서 숱하게 경험해온 일이었다. 당장 오늘만 해도 지각이라는 절체절명의 위기 속에 참 열심히도 잠실역을 뛰어다녔다. 게다가 달리기는 몸을 쓰는 대부분의 스포츠에 포함되는 기본 옵션이다. 치킨을 시키면 딸려 오는 치킨 무 같달까. 그래서인지 온전히 달리기만을 위해 집을 나서던 그날은, 치킨집에 전화해 치킨 무만 주문하는 듯한 오묘한 밤이었다. 물론 당시에는 전혀 알지 못했다. 그날로부터 5년 동안 5,000km를 달리게 될 거라곤.

첫 달리기의 기억은 지금도 생생하다. 돌아서면 까먹는 수준의 기억력이지만 2015년 9월 19일 그날만큼은 어제 일처럼 또렷하다. 조금 과장하자면 첫발을 떼는 순간부터 이미 돌이킬 수 없는 곳으로 들어섰음을 직감했다. 그건 마치 노이즈 캔슬링 이어폰을 처음 경험할 때와 비슷했다. 갑자기 진공상태가 되어 다른 세계로 빨려 들어가는 기분. 걷는 속도의 잔잔한 일상이 일순간에 빠르게 휘몰아치는 속도로 전환됐다.

가장 먼저 시야가 요동쳤다. 모든 것이 위아래로 흔들리며 익숙지 않은 빠르기로 다가왔다. 집돌이 모드로 동기화되어 있던 몸은 갑자기 이게 무슨 일이냐며 분주해졌다. 쿵쾅거림이 느껴질 만큼 심장은 날뛰었고 숨은 입을 비집고 나갔다가 다시 힘겹게 들어오길 반복했다. 땅을 딛는 발소리와 거친 숨소리가 한데 뒤엉키며 나를 둘러싼 모든 도시의 소음을 집어삼켰다. 그렇게 몸 구석구석이 각자 분주한 움직임을 이어가는 동안, 머릿속에서는 한 가지 생각만을 반복했다. '대체 뭐지?'

도무지 이해할 수 없었다. 달리기가 처음도 아닌데 왜 이토록 다르게 다가오는지. 달리는 내내 들이닥치는 이 생경함을 어떻게, 그리고 무엇으로 설명할 수 있는지. 해부학적으로 따져봐도 매일 아침 지하철을 잡아타려 달리던 것과 동일한 메커니즘인데 말이다.

정답은 집을 나서며 품었던 의심에 있었다. 달리기는 늘 수단으로 존재했다. 어딘가로 급히 가기 위해, 늦지 않으려고, 상대 팀 선수보다 더 빨리 골문으로 닿기 위해. 그렇게 목적을 위해서 어떻게든 버티고 견뎌야 하는 과정이었다. 하지만 그날은 처음으로 달리기가 목적의 왕좌에 앉았다. 달리며 요동치는 몸과 마음을 난생처음 세심히 관찰한 날이었고, 달리기의 본질을 유심히 들여다보자 내가 알던 그것과 완전히 다른 경험임을 알아차렸다.

달리며 나눈 몸과의 대화는 끔찍하게 힘겨웠지만 동시에 눈물겹게 짜릿했다. 무기력 속에 헤엄치던 일상에서 참으로 오랜만에 느낀 삶의 생기였다. 무엇보다 온종일 머릿속을 어지럽히던 이별의 잔여물이 적어도 달릴 때만큼은 떠오르지 않았다.

그날 이후 나는 무언가에 홀린 사람처럼 같은 시간, 같은 길 위에 서 있었다. 다음 날에도 한밤의 뜀박질은 계속됐다. 달리기라는 세계의 출발선에서 드디어 첫발을 뗀 순간이었다.

"달리기는 어쩌다 처음 시작하게 됐어요?"

달리기가 내 연관검색어처럼 따라붙고부터 종종 받는 질문이다. 이 질문을 마주할 때면 상대로부터 옅은 기대감 비슷한 감정을 느낀다. 달리기가 인스타그램 피드를 가득 채울 만큼 삶에서 큰 비중을 차지한다면, 그 시작 역시 조금은 특별할 거란 기대일까? 자연스러운 호기심일지도 모르겠다. 하지만 달리기라는 세계가 처음 시작된 그날, 그곳엔 대단한 이유도 극적인 이야기도 없었다. 이별 후유증에 휩쓸리던 일상에서 우연히 튄 스파크에 불과했다.

하지만 때로는 그런 작은 불꽃이 삶 전체로 번지는 불길이 되기도 한다. 우리의 일상이 지루하게 반복되는 날들의 연속임을 부정하진 않는다. 다만 이 지난한 하루하루 속에 삶의 변곡점이 되어줄 놀라운 순간들이 숨어 있다는 생각을 하면 조금 달리 보이기도 한다. 그리고 그 변곡점이 늘 거창하거나 대단한 사건만이 아님을 말하고 싶다. 너무도 보편적인 일상의 한 장면일 수도, 심지어 어디 가서 말하기도 민망한 계기일 수도 있다.

평범한 재즈카페 주인이던 무라카미 하루키는 야구 중계를 보다가 문득 소설가가 되어야겠다고 결심한다. 별다를 것 없이 평범한 날이었다. 내가 마주했던 5년 전 9월 19일도 그랬다. 조금도 특별할 것 없던 바로 그날, 달리기라는 세계의 문이 열렸다.

아침의 달리기, 밤의 뜀박질

하루는 99퍼센트의 루틴과 1퍼센트의 이벤트로 구성
된다. 루틴은 지구의 공전처럼 일정 주기로 반복되는
일상이다. 출근길 지하철 풍경부터 맥도날드의 피클
뺀 더블치즈버거, 노동요로 틀어놓은 검정치마의 노
래와 침대맡 스탠드 조명 아래 읽는 한 권의 책까지,
불가피한 현실과 좋아하는 취향들이 뒤섞여 빚어내
는 삶의 단면이다. 그렇게 루틴은 내일도, 그다음 날
도 똑같은 얼굴을 한 채 반복된다. 반대로 이벤트는
일상이라는 잔잔한 호수에 일렁이는 크고 작은 물결
이다. 소소하게 반짝였다 흐지부지 자취를 감추는가
하면, 평온한 일상을 뒤흔들며 루틴의 풍경을 산산이
무너뜨리기도 한다.

   아찔했던 첫 경험으로부터 한 달이 지날 무렵,
달리기는 루틴과 이벤트의 갈림길에 놓였다. 물론 시
작은 이벤트였다. 한밤의 달리기는 내가 알던 일상에
선 존재하지 않는 광경이었다. 하지만 처음 달린 그
날 이후로도 뜀박질은 계속됐다. 이러다 말겠지 했
던 일이 하루하루 이어졌고, 심지어 한 달이 지나도
멈출 기미가 없자 일상심의위원회가 긴급히 소집됐
다. 달리기를 일상으로 편입시킬지 결정하기 위함이
었다. 예상대로 달리기는 내가 던진 한 표, 즉 몰표를
받으며 당당히 루틴의 영역에 입성했다. 다만 결정할

일이 한 가지 더 남아 있었다. 달리기를 하루 중 언제의 루틴으로 삼을지였다.

　　루틴은 TV 편성표와 같아서 시간과 긴밀히 연결돼 있다. 한 주를 마무리하는 일요일의 밤 산책을 다른 요일, 다른 시간대에 대신할 수 없는 것처럼 특정 시간의 루틴은 그때가 아니면 의미를 잃고 만다. 달리기는 이른 아침과 늦은 밤이라는 선택지를 제시받았다. 하루 대부분을 먹고사는 일로 채워야 하는 우리에게 공통으로 제시되는 옵션이다. 솔직히 처음에는 뭐가 다를까 싶었다. 아침 일찍 눈뜬 날은 새벽에 뛰면 되고, 그게 안 되면 밤늦게 운동 삼아 나가면 될 일이었다. 하지만 다른 시간대의 달리기를 각각 경험하고서야 깨달았다. 아침의 달리기와 밤의 뜀박질은 전혀 다른 종목이었다.

　　아침 달리기는 하루를 시작하는 일이다. 몸을 일으키기가 어려워서 그렇지 일단 일어나고 나면 가벼운 몸과 마음으로 일상의 문을 열어젖힐 수 있다. 이불을 박차고 게으름의 늪을 빠져나온 이에게 아침 달리기는 삶의 주도권을 손에 쥐여준다. 이들에게 아침이란 더 이상 쫓기듯 시작되는 풍경이 아니다. 자기 의지로 활기차게 떼는 하루의 첫걸음이다. 그래서

일까? 이른 아침 마주치는 러너들은 한 명 한 명이 건강한 기운으로 가득하다. 성실함과 에너지를 재료로 인간의 형상을 빚는다면 바로 이 사람들이 아닐까 싶을 정도다. 『해리 포터』에 비유하면 아침 러너는 그리핀도르형 인간에 가깝다. 양(陽)의 에너지를 뿜어내며 긍정으로 하루를 시작하는 사람.

반대로 한밤의 달리기는 하루를 매듭짓는 일이다. 아침 달리기가 막 깨어난 생기와의 조우라면 한밤의 달리기는 숨죽인 듯 고요한 레이스다. 아침 러너가 다가올 하루를 낙관의 물감으로 물들일 때, 밤의 러너는 이미 과거가 된 하루를 차분히 쓸어담고 정리한다. 일상에 치여 기진맥진했던 마음을 들여다보고 삶이 남긴 근심과 아쉬움을 날숨으로 내뱉는다. 그렇게 달리다 보면 고민의 무게가 조금은 줄어든다. 하루 종일 괴롭히던 걱정으로부터 자유로워지면서 동시에 내일의 희망을 빼꼼히 엿본다. 다시 『해리 포터』의 세계관을 빌려오면 이들은 슬리데린형이다. 음(陰)의 기운을 드리우며 차분히 스스로의 불안을 달래고 위로하는 영혼들. 그래서인지 한밤의 러닝은 조금 더 처절한 모습을 띤다. '달리기'보단 '뜀박질'이란 표현이 어울리는 이유다.

당연한 말이지만 아침 달리기와 밤의 달리기 사

이에는 우열이 존재하지 않는다. 취향의 문제이자 자신에게 필요한 게 무엇인지에 따라 선택이 갈릴 뿐이다. 스스로를 돌아보니 나는 영락없는 후자였다. 자연스레 달리기는 내 일상에서 밤, 그것도 심야에 편성됐다.

　결과적으로 옳은 판단이었다. 야행성 러너야말로 내게 가장 잘 어울리는 옷임을 이내 깨달았다. 밤의 뜀박질은 내가 그토록 갈망하던 위안을 품에 안겼다. 달리는 이유라면 수십 가지도 댈 수 있지만 그중 가장 뾰족한 건 내 안의 자존감을 보존하기 위함이다. 일상에서 숱한 파도를 겪고 집으로 돌아오면 어느 순간 무척 작고 초라해진 내 모습과 조우한다. 스트레스야 어떻게든 잊거나 풀면 그만이지만 내가 무너지고 소멸하는 기분마저 들 때면 어찌할 줄 모르고 발만 굴렀다.

　심야의 뜀박질은 그때마다 나를 수렁에서 건져 올렸다. 뛰는 순간만큼은 근육부터 호흡까지 몸의 변화에만 집중하며 생각을 비워냈다. 멘탈에 놓는 모르핀 주사처럼, 도무지 떨치지 못하던 부정적인 생각들이 달릴 때는 잠시나마 자취를 감췄다. 더불어 목표했던 거리를 어렵사리 완주해내면 그 자체만으로도 용기를 얻었다. 자존감의 회복은 위대한 성과만으로 가능한 게 아니다. 오히려 일상에서 마주치는 작은 성취가 금 간 마음의 빈틈을 메우고, 그런 성취들이 모여 단단한 삶의 방파제가 되어준다. 짧은 거리라 할지라도, 혹은 빠른 속도가 아니더라도 스스로 세운 목표를 어떻게든 달성할 때면 어김없이 자기애를 손에 쥐었다. 일상의 끄트머리에서 움켜쥔 그 성취를 이불 삼아 불안에 떠는 몸을 녹이고 유독 길었던 하루에 마침표를 찍곤 했다.

이벤트로 시작한 달리기가 이제 막 일상으로 뿌리내렸다면, 머지않아 나와 같은 선택의 갈림길에 놓일 것이다. 선택의 절대적인 기준은 없다. 서로 다른 두 달리기를 비교하며 지금 내게 필요한 게 무엇인지 정의하면 그만이다. 아침 달리기가 상쾌한 시작이라면 밤의 뜀박질은 처연한 마무리다. 아침 달리기가 생기로운 계절의 소리를 듣는 일이라면 밤의 뜀박질은 내 발자국과 숨소리로만 공간을 채우는 경험이다. 아침 달리기가 활기 넘치는 바깥세상과의 만남이라면 밤의 뜀박질은 텅 빈 길 위에서 스스로와 나누는 깊은 대화다.

아침 달리기와 밤의 뜀박질, 이 두 개의 커다란 조각은 서로 다른 가려움을 긁어주며 제 역할을 다한다. 그렇다면 이제 남은 건 하나. 당신은 달리기에 어떤 의미를 부여할 것인가. 그리고 달리기를 어떻게 정의할 것인가. 아마 각자의 마음속에 답은 이미 정해져 있을지도 모르겠다.

빼어나게 허술한 시작

고백하자면 '마리텔'의 애청자였다. 좋아한 이유야 여럿이지만 가장 큰 지분은 '모르모트 피디'*의 몫이다. 모르모트 피디는 마리텔 제작진 중 한 명이면서 동시에 출연자의 역할도 겸한다. 매주 호스트들에게 불려 나와 댄스부터 요리, 격투기, 축구까지 스파르타로 강습받는다. 시작은 카메오에 불과했다. 하지만 나올 때마다 보여주는 존재감 덕에 모르모트라는 애칭이 붙었고 결국 예능 치트키의 경지까지 오르게 되었다.

그는 모든 분야에서 빼어나게 허술하다. 무엇을 시키든 최선을 다하지만 매번 참신하게 못하는 그의 모습에서 예능 치트키의 존재감을 확인한다. 슬랩스틱코미디에 무심한 편인 내가 유독 모르모트 피디에게만 반응하는 건 그의 행동 하나하나에 담긴 진심때문이다. 앙다문 입에서 정말 잘하고 싶다는 마음이 고스란히 전해진다. 하지만 슬프게도 그렇게 온 힘을 다하는 자의 허술함이 원래 제일 웃긴 법이다.

문제는 처음 달리기를 시작한 내 모습이 그와

---

*   2020년 1월에 종영한 MBC 예능 〈마이 리틀 텔레비전〉의
    피디로, 방송 중에 불려 나와 호스트들의 교보재로
    활용되어 얻은 별명이다.

별반 다르지 않았다는 사실이다. 실력도 요령도 없는데 의욕만 앞선 러너에게는 매일 밤 웃픈 결말만이 기다렸다. 준비운동의 중요성을 간과하다 쿡쿡 찌르는 옆구리를 붙잡은 채 잰걸음을 이어갔고 호흡도 중구난방이라 달리다 보면 어느 순간 곡소리가 터져 나왔다. 여기에 근본 없이 뒤뚱거리는 폼까지 더해져 모르모트 피디 저리 가랄 만큼 빼어난 허술함을 뽐냈다.

이에 굴하지 않고 '5km 안 쉬고 달리기'라는 첫 목표를 내걸었다. 호기로운 시작이었지만 호구로운 결과가 반복됐다. 처음에는 그럴듯하게 달리다가도 완급조절을 할 줄 모르니 금세 페이스를 놓쳐버렸고 이내 바닥에 고꾸라졌다. 오기로 꾸역꾸역 레이스를 이어가기도 했지만 폐활량이 딸려 결국 헛구역질까지 하는 촌극이 빚어졌다. 다음 날이면 머리부터 발끝까지 찾아온 근육통에 앓는 소리로 하루를 시작했고 움직일 때마다 로봇춤을 추듯 삐걱거렸다.

한동안 달리기는 나의 허술함을 확인하는 일이었다. 하지만 그 허술함이 좋았다. 모든 노력을 쏟아내고도 '나 진짜 못 뛴다'며 한탄했지만 그런 내가 밉지 않았다. 갑자기 이게 무슨 나르시시즘인가 싶겠지만 사실 우리 모두 조금씩은 품고 사는 감정이다. 가령 샤워 후 거울에 비친 내 모습과 마주할 때면 종종 자기애가 꿈틀거리기 마련이다(설마 나만 그런 건가. 만약 그렇다면 4주간 샤워기 압수). 어쨌거나 자기애는 샤워 후 촉촉이 젖은 내 모습을 볼 때만 생기지 않는다. 지독히 서툴지만 열심히 발버둥 치며 1cm씩 전진하는 내 자신과 마주할 때도 피어난다.

스스로의 허술함을 연민으로 바라보는 건 자연스러운 감정이다. 그런데 왠지 모르게 어색한 것도 사실이다. 아마도 우리가 발 담그며 살아가는 곳이 실패에 그리 관대하지 않기 때문일 것이다. 때로는 추락과 동의어로 느껴질 만큼 우리는 실패라는 단어에 막연한 공포를 갖고 산다. 실패를 딛고 일어설 수 있다는 확신보다 한없이 휩쓸려 원래의 자리로 돌아오지 못하는 건 아닐까 하는 두려움이 앞선다.

자연스레 실패를 피하려 안전한 선택만을 이어간다. 처음이라 서툰 건 당연한데도 서투름을 실패의 시그널로 간주하고 곧장 방어기제를 발동한다. 그 방어기제란 늘 해오던, 익숙한 것으로 회귀하는 결정을 말한다. 새로운 무언가에 도전하고픈 마음은 그렇게 점차 자리를 잃어간다. 한때는 이리저리 요동치고 활기로 가득하던 우리의 삶이 생명력을 잃어가며 정체되는 과정이다. 나를 포함해 모두가 겪고 있는 변화의 흐름이기도 하다.

　　다시 처음으로 돌아가 모르모트 피디를 떠올린
다. 그를 보며 재미와 동시에 뭉클함을 느꼈던 건 예
견된 실패를 아무렇지 않게 받아들이는 모습 때문이
었다. 사방에서 울리는 실패의 시그널에도 그는 늘
당당히 도전했다. 그리고 실패했다. 반복되는 일련
의 실패가 어느 순간 감동으로 다가왔다. 그 애정 어
린 시선은 달리기를 시작하며 쩔쩔매던 내게도 투영
됐다. 고작 3km 뛰고 나라 잃은 백성처럼 바닥을 기
었지만 그럼에도 포기하지 않는 스스로를 대견하게
여겼다. 매일 밤 서툰 나와 마주할 수 있단 건 꽤 의미
있는 시그널이었다. 도전하고 더 나아지고 싶은 열망
이 아직 마음 어딘가에 생존한 채 구조신호를 보내고
있었다. 신호를 따라가다 마침내 뜨거운 감정과 마주
할 때면 아직 내 삶이 멈춰 서지 않았음에 안도했다.
　　달리기는 시보다는 소설 쓰기에 가깝다. 시작부
터 천재성이 폭발하는 재능 집약형 운동이라기보단
더 오랜 시간 공들여 나만의 레이스를 축조해가는 일
이다. 처음부터 잘 달리는 사람은 없다. 출발선에 있
는 모든 이들의 시작이 미숙하고 때로는 우스꽝스러
운 건 어찌 보면 당연하다. 동시에 잘 달리지 못한다

고 해서 그 순간들이 불행을 의미하지도 않는다. 진정한 행복은 무언가를 잘해서가 아닌, 더 나은 내 모습을 꿈꿀 수 있을 때 피어난다. 달리기를 시작하고 매일 밤 미숙함에 발목 잡혔지만 바닥을 뒹굴면서도 시선은 더 나아질 내일을 향했다. 그 자체만으로도 달리는 명분은 충분했다. 허술하지만 행복했다.

오늘 밤 첫 달리기를 시도한다면 그건 실패를 자초하는 일일 것이다. 하지만 예견된 실패 앞에서는 언제나 당당해도 좋다. 약간의 뻔뻔함은 도전하려는 마음을 지키는 방패가 되어준다. 그리고 그 방패를 앞세워 슬금슬금 전진하다 보면 어느새 목표에 도달하기 마련이다. 조금 느리더라도 꾸준히 하면 언젠가는 닿는다. 달리기란 원래 그런 운동이니까.

자본주의형 러너

새로운 취미를 시작한다면 무엇부터 해야 할까? 주변에서 전문가를 찾아 이런저런 조언을 구하는 것도 좋고 요즘은 유튜브 독학도 충분히 해볼 만하다. 심심할 수 있으니 함께 즐길 친구를 섭외하거나 또렷한 목표 하나를 세워보는 것도 괜찮은 방법이다. 하지만 진짜 답은 따로 있다. 각자 취미라 부르는 것들의 출발점을 곰곰이 떠올려보면 어렴풋이 답이 보일 것이다. 정답은 지갑 속에서 종이 혹은 플라스틱 재질의 직사각형 모양을 하고 있다. 그렇다. 모든 취미생활은 장비를 지를 때, 그제야 비로소 시작된다.

우리가 어떤 민족인가. 뒷동산에 오를 때도 에베레스트를 향하는 마음으로 풀세팅하는 민족 아닌가. 1년 동안 책 백 권 읽기를 목표로 했다면 전자책 리더기부터 알아보는 게 우리다. 주택청약은 못 넣더라도 캠핑장비와 함께 숲속 내 집 마련의 꿈을 이룬다. 낚시라면 닌텐도 '동물의 숲'에서밖에 안 해본 친구가 첫 실전을 앞두고 70만 원짜리 낚싯대를 지르는 모습에 비로소 확신했다. 취미가 지핀 마음의 불씨는 지갑을 땔감 삼아 더 큰 불길로 타오른다.

언뜻 생각하면 달리기는 이와 무관해 보인다. 특별한 공간과 장비를 요구하지도, 요가나 필라테스처럼 전문가의 손길이 필요한 것도 아니다. 집에 굴러다니는 티셔츠와 추리닝 바지, 운동화 한 켤레만 있다면 지금 당장이라도 달릴 수 있다. 물론 나도 그런 줄만 알았다. 드디어 내가 돈 안 드는 일에 관심을 보이다니. 엄마 보고 계시죠? 아들이 이렇게 철들었습니다. 하지만 그건 삶에서 경험한 196,560번째 설레발이었다. 지금도 내 귓가에는 선명히 들려온다. 달리기 때문에 구천을 떠도는 월급의 곡소리가.

시작은 러닝화였다. 달릴 때 발은 체중의 세 배가 넘는 충격을 온전히 받아낸다. 그러니 발 보호를 위해서라도 러닝화 한 켤레 사는 건 자연스러운 흐름이다. 게다가 달리기가 일상의 영역으로 들어온 이상 그에 걸맞은 대접이 필요했다. 그 당시 내 오래된 운동화는 루틴으로 자리한 달리기의 위상에 어울리지 않았다. 자전거 라이딩 동호회에 따릉이 타고 가는 것과 다름없었다. 쇼핑의 당위성은 여느 때처럼 청산유수로 쏟아졌다. 문득 이런 논리력이라면 대학도 수시 논술로 갔을 텐데 하는 아쉬움이 남았다.

어쨌거나 돈 쓰러 갈 때만 나오는 경쾌한 발걸음으로 백화점에 입성했다. 하지만 내가 마주한 건 그 가벼운 마음이 무색할 정도로 육중한 무지의 벽이었다. 쿠션화, 레이싱화, 단거리용, 장거리용, 안정화, 트레일화까지. '러닝화' 한 단어로 통치기엔 너무도 복잡한 세계가 펼쳐져 있었다. 이제 막 달리기를 시작한 러너에게는 취향은 말할 것도 없고, 뭐가 필요한지조차 모호했다. 결국 비장의 카드를 꺼내 들었다. "새로 나온 게 뭐예요?"

돌이켜보면 나쁘지 않은 방법이었다. 아무것도 모르는 초보라면 어설프게 기능을 따지느니 신상이나 예쁜 걸 고르는 게 낫다는 것이 내 지론이다. 예쁜 신발은 빨리 신어보고 싶다. 신상은 한 사람에게라도 더 자랑하고 싶다. 빨리 신고 나가서 달려야 할 이유가 생긴다. 나 역시도 첫 러닝화를 사 온 그날, 태그만 떼고서 바로 집을 나섰다. 하트로 가득할 인스타그램을 생각하니 이미 마음 한구석이 뜨거워졌다.

하지만 정작 뜨거워진 건 발바닥이었다. 알고 보니 내가 사 온 건 엘리트 러너들을 위한 실전용 레이싱화였다. 레이싱화는 가볍고 탄성이 좋지만 안정감이 떨어지는 편이다. 고수들은 그 단점을 충분히 훈련된 몸으로 상쇄하고 장점만을 흡수해낸다. 하지만 성수동의 왕초보 러너에게는 정반대의 효과만 남았다. 경량화의 스피드를 만끽하기에는 폐활량이 턱없이 부족했고 땅바닥과의 마찰은 말랑한 다리 근육 사이로 고스란히 전해졌다. 다음 날이 되자 눈에 띄게 다리가 부어 있었다. 게다가 발가락에 잡힌 물집 과 무릎 통증에 며칠간 러닝 휴업을 선언해야 했다.

짚신도 제짝이 있다는 말은 러닝화에도 적용된 다. 발은 걸어온 시간을 오롯이 담고 있어 사람마다 모양이 천차만별이다. 발볼의 넓고 좁음이 모두 다르 고, 달릴 때 가해지는 무게 중심에 따라 형태가 뒤틀 리기도 한다. 그와 더불어 어떤 목적으로 달릴지와 훈련 상태에 따라서도 선택의 기준은 달라진다. 보통 초보자들에게는 쿠션이 충분히 들어간 러닝화를 추 천하지만 그마저도 브랜드마다 착화감이 달라 모두 에게 정답인 신발은 없다. 물론 인터넷에서 얻은 정 보들로 실수를 줄일 수 있긴 하나 그것 역시 반쪽짜리 다. 연애를 글로 배울 수 없는 것처럼 나머지 절반은 직접 경험하며 나만의 답을 찾아야 한다. 이제 막 러 닝을 시작한 사람에게는 수리영역 주관식 29번 같은, 막연하고 어렵고 복잡한 문제다.

달리기 초심자들에게는 몸에 대한 지식도, 무 엇이 필요한지의 정보도 없다. 하지만 돈이 있다. 정 확히 말하면 돈을 쓰겠다는 의지가 있다. 취미생활의 출발선에서는 평소보다 소비의 끓는점이 대폭 낮아 진다. 아무것도 가지지 않았기에 무엇이든 살 수 있 고, 아무것도 모르기에 소비가 가져다줄 장밋빛 미래를 더 아름답게 그릴 수 있다. 그렇게 무지한 스스로를 인정하고 돈으로 혼쭐내겠단 마음을 품는 순간, 우리는 자본주의형 러너로 거듭난다.

자본주의형 러너는 각자의 여건에서 성심성의껏 소비하며 달리는 사람들을 뜻한다. 혹시나 구글에서 찾아볼 필요는 없다. 방금 내가 만든 용어니까. 초보든 고수든 모든 러너들은 다치지 않고 오래 달리는 꿈을 꾼다. 자본주의형 러너야말로 그 바람에 다가서는 현명한 첫걸음이다. 자본주의형 러너는 투자의 개념으로 여러 장비를 경험하며 무지의 빈틈을 메운다. 소비가 아니라 투자라고 표현한 건 실제로 이 방법이 내 몸을 이해하고 부상을 방지하는 데 정말 큰 도움을 주기 때문이다. 결코 지름을 합리화하려는 게 아니(라고 믿고 싶)다. 여러 제품을 경험하며 내게 맞는 제품과 그렇지 않은 모델을 구분하는 건 단순한 취향 탐구, 그 이상의 의미를 지닌다.

첫 러닝화의 실패는 오기를 남겼다. 큰맘 먹고 했던 투자가 오히려 독이 될 줄이야. 러닝 휴업 기간 동안 인터넷을 뒤지며 러닝화들을 뜯어보기 시작했다. 사실 나 같은 입문자에게 대단한 기능은 필요치 않았다. 막 굴리며 신어도 되는 10만 원 내외의 쿠션

화면 충분했다. 다만 앞으로의 과제라면 달리기 마일리지를 쌓아가며 나만의 취향과 필요를 발견해가는 일이었다. 부상이 잦은 편이라면 안정화를, 신발이 가벼워야 달릴 맛이 난다면 경량화 위주로 가지를 뻗어가면 된다.

내 몸을 완전히 이해하기 전까지는 경험의 다다익선을 추구하기로 마음먹었다. 마침 며칠 뒤가 월급날이라는 낭보와 함께 또 한 번의 소비 경보 사이렌이 요란하게 울렸다. 결국 월급날에 맞춰 러닝화 세 켤레를 들었다. 첫 쇼핑 때와는 달리 하나하나 꼼꼼히 살피며 브랜드마다 내세우는 기술과 내 발 사이의 호흡을 기록해갔다. 이후로도 월급의 일정 비율은 꼬박꼬박 달리기로 재투자됐다. 무리가 아닌 선에서 가급적 다양한 러닝화를 체험하며 자가 실험을 반복했다.

결과는 놀라웠다. 우선 30년 넘게 신발 사이즈를 잘못 알고 살아왔음이 밝혀졌다. 이게 무슨 바보 같은 소린가 싶겠지만 생각보다 많은 사람이 자신의 신발 사이즈를 잘못 알고 있다. 다만 걷는 속도의 일상에서는 티가 안 날 뿐이다. 하지만 달리기의 속도에서는 그 무지의 격차만큼 바로바로 고통으로 드러난다. 나의 경우 사흘 연속 달리고 나면 어김없이 물집이 잡히고 발톱에 피멍이 들었다. 삼세판의 법칙처럼 몸이 두 번까진 봐주다가 세 번째에서 혼쭐내는 게 아닐까 했지만(돌이켜보면 참 기적의 논리가 아닐 수 없다) 그게 아니라 실제 사이즈보다 10mm나 작은 신발 때문이었다.

　　몸속의 비밀들은 연달아 발굴됐다. 특히 내 몸이 어떻게 작동하는지를 이해하기 시작했다. 예를 들어 나는 달릴 때 무게중심이 발 안쪽으로 쏠리는 편이다. 따라서 쿠션이 부족한 레이싱화를 신으면 엄지발가락 옆선을 따라 자주 물집이 잡혔다. 나 같은 유형을 전문용어로 '과내전'이라 한다. 과내전 중에서도 발이 안쪽으로 심하게 꺾이는 편이라 잘못된 러닝화 선택은 발은 물론이고 허리를 비롯한 몸 전체에 무리를 준다. 여기에 평발이라는 출생의 비밀까지 밝혀져 신어도 되는 신발과 피해야 하는 신발의 구분이 명확해졌다. 그렇게 타노스가 전 우주를 돌며 인피니티 스톤을 모으듯 내 몸의 정보들을 수집해갔다. 비록 카드 스냅 한 번에 월급 절반이 날아가는 경이로움을 목격했지만 발견의 기쁨이 이내 빈자리를 채웠다.

　　신발에서 시작된 자본주의 불길은 금세 머리 끝까지 옮겨붙었다. 러닝화 바깥의 영역은 취향에 몸을 맡기면 그만이다. 러닝 삭스, 팬츠, 긴팔과 반팔 티,

바람막이, 헤어밴드까지. 각자 좋아하는 브랜드에서 경제 활성화에 기여하면 된다. 그래도 다행인 건 달리기는 소비의 상한선이 그리 높지 않다는 점이다. 한정판에 열을 올리지 않는 이상 머리부터 발끝까지 구색을 맞추는 데 엄청난 비용이 들진 않는다. 게다가 아웃렛이라는 비빌 언덕까지 존재한다. 나 같은 취미 컬렉터에겐 가슴을 쓸어내릴 일이다. 비싼 취미에 발 한번 잘못 들였다가 기둥뿌리 뽑아먹을 뻔한 적이 어디 한두 번이던가.

'돈으로 행복을 살 수 없다'라는 잠언이 있다. 하지만 돈으로 살 수 있는 행복은 꽤 많이 존재한다. 특히 자본주의형 러너는 비교적 적은 돈으로 큰 행복을 산다. 게다가 그 행복이 쾌락이나 눈먼 소유욕이 아닌 내 몸을 알아가는 과정이자 부상을 방지하는 투자에 가깝다. 달리기는 내 몸이 어떤 메커니즘으로 작동하는지 이해하게 되는, 몸과 나누는 가장 솔직한 대화다. 그런 의미에서 보면 달리기를 위한 소비는 지름이 아닌 '내몸학개론' 수강료에 가깝다.

내가 가장 존경하는 마케터는 이런 말을 남겼다. "할까 말까 할 땐 하고, 살까 말까 할 땐 사세요. 그 돈과 시간만큼의 자산을 남기면 됩니다." 비록 마케터들에게 건넨 조언이지만 막 달리기를 시작한 이들에게도 똑같이 적용된다. 달리는 일 자체가 내 몸에 축적하는 자산임을 잊지 말자. 그래도 아직 주저하게 된다면 마음에 거대한 꽃밭을 조성해보자. 그 꽃의 이름은 합리화다. 합리화를 머리에 꽂고 지금 당장 최애 브랜드의 매장으로 달려가보자.

마이 페이스

달리기를 시작하고 한동안 같은 패턴을 반복했다. 우선 트레킹 앱을 켜고 달리기 시작한다. 바깥 공기와 활기찬 몸짓이 만나 마음에 생기를 더한다. 아드레날린이 솟아오르며 점점 힘차게 발을 구른다. 얼마 안가 몸에서 반응이 오기 시작한다. 땀이 송골송골 맺히더니 호흡이 거칠어지고 곧이어 쇳소리 비슷한 핑음이 새어나온다. 들이켜고 뱉는 숨이 점점 커지다 어느 순간 감당할 수 없는 크기로 번져간다.

어느덧 즐거움은 고통의 시간으로 전이된다. 미간을 한껏 찌푸린 채 몇 번의 고비를 꾸역꾸역 삼키지만 결국 포기. 새우등이 되어 가쁜 숨을 몰아쉬고 때로는 바닥에 주저앉아 헥헥대기 바쁘다. 이 동네를 접수할 기세로 시작한 달리기가 병원 접수가 필요한 상태로 끝맺는다. 창대한 시작과 미약한 끝이다. 그런 경험을 몇 번씩이나 반복하고서야 놓치고 있던 무언가를 떠올렸다.

달리기에 갓 입문하면 거리에 집착하기 마련이다. 초보자에게는 내가 얼마나 멀리 뛸 수 있을지가 초미의 관심사다. 5km, 10km는 고속도로 표지판에서나 보던 숫자였지만 조금씩 다른 관점으로 보이기 시작한다. 곧 그만큼을 달릴 수도 있겠다는 설렘이 마음 한편에 소복이 쌓인다. 온 신경이 거리에 쏠려 있는 만큼 러닝 새내기의 모든 성취 역시 거리에서 온다. 아득하게만 느낀 거리를 직접 두 발로 직접 밟아나가며 얻는 희열이다. 나도 그랬다. 힘들어 사경을 헤매더라도, 전에는 꿈도 못 꿨던 거리를 완주했다는 성취감에 모든 고됨이 씻겨나갔다.

하지만 달리기는 누가 더 멀리 가는지 겨루는 운동이 아니다. 거리뿐 아니라 어떤 속도로 달릴지를 정하고 나아가는 일이다. 러너들은 그 '어떤 속도'를 '페이스(pace)'라 칭한다. 러닝 초창기에 내가 간과 했던 것이 바로 페이스였다. 페이스는 거리와 동등한 자격으로 반비례의 그래프를 그린다. 빠른 페이스로는 긴 거리를 달릴 수 없고 천천히 뛰면 좀 더 먼 곳까지 갈 수 있다. 산책 나온 강아지처럼 천방지축 뛰어다니던 나도 페이스란 개념을 이해하며 안정기에 접어들었다.

거리의 강박을 벗어던지면 속도에 신경 쓰며 달리는 단계에 들어선다. 이제 더 이상 '얼마나 멀리'는 중요하지 않다. 그 대신 페이스를 늘리고 줄이면서 속도마다의 다른 경험을 체득해간다. 그렇게 다양한 페이스로 달리다 보면 편안한 지점을 발견하게 된다. 전력을 다해 뛰는 속도와 조금 지루하다 싶은 속도의 중간 즈음, 그 속도로 10km 정도는 무리 없이 뛸 수 있을 듯한 페이스. 많은 러너들이 그 편안한 속도를 '마이 페이스'라 부른다.

마이 페이스는 지금 나의 실력을 가늠하는 가장 명확한 지표가 되어준다. 낯선 여행지에서 꺼내 드는 구글맵을 떠올리면 쉽다. 내 위치를 정확히 알려주기에 나아갈 방향도, 목표에 도착하기까지 드는 품도 알 수 있다. 러닝에 막 입문한 내게 최적 페이스는 킬로미터당 6분 20초 전후였다. 곧바로 6분 10초까지 당겨보자는 목표가 생겼다. 이처럼 마이 페이스를 인지하는 시점부터 러너의 목표는 또렷해진다. 훈련을 통해 마이 페이스를 끌어 올리고 실전에서는 그 페이스를 유지하며 완주하는 것. 모든 러너들의 지향점이자 지금도 믿고 있는 절대 공식이다.

특히 마이 페이스의 유지는 목표 거리를 완주하는 데 가장 중요한 전략이다. 동시에 가장 어려운 일이기도 하다. 누군가는 의아할 수도 있다. '가장 편안한 페이스를 유지만 하면 되는데 뭐가 어렵단 거지?' 하지만 수없는 훈련을 통해 마이 페이스를 또렷이 새긴 러너들도 이 부분을 무척이나 어려워한다. 아이 다루듯 섬세한 관리와 더불어, 온갖 유혹을 이겨낼 강인함도 요구되기 때문이다.

페이스를 유지하며 달리는 건 피아노 조율과 비슷하다. 마이 페이스는 늘 고정된 절댓값이 아니라 몸과 마음의 컨디션, 심지어 날씨에 따라서도 미세하게 늘어지고 풀어진다. 러너들은 워밍업으로 그 틀어진 주파수를 맞춘다. 짧은 거리를 달려보며 컨디션을 체크하고 미묘하게 달라진 마이 페이스를 재탐색한다. 귀찮고 번거롭지만 반드시 거쳐야 하는 과정이다. 아무리 뛰어난 연주자라도 조율 안 된 악기로는 제 실력을 펼칠 수 없는 것과 같은 이치다.

페이스 유지가 어려운 건 인간의 본성과도 닿아 있다. 기본적으로 우리는 힘의 안배에 서툴다. 갖고 있는 에너지를 균등하게 나눠 쓸 수 있다면 좋으련만. 우리는 기계가 아니기에 그건 불가능에 가깝다. 힘이 넘칠 때는 발산의 방법을 찾기 바쁘고 반대의 경우에는 한없이 움츠러든다. 많은 러너들이 의욕적으로 레이스를 시작하지만 뒤로 갈수록 시름시름 처지는 이유다.

연습뿐 아니라 대회 같은 실전 상황에서도 마찬가지다. 보통 초반에는 칼같이 페이스를 지키며 시작한다. 하지만 긴장이 느슨해지고 힘이 생각보다 많이 남았다고 느끼면 슬그머니 속도를 올리기 시작한다. 머리로는 제발 빨리 달리지 말라고 스스로를 다그치지만 정신 차려보면 어느새 페이스의 균형이 무너져 있다. 이처럼 마이 페이스로 달린다는 건 편안하게 휘파람 부르며 뛰는 일이 아니다. 튀어 나가려는 본성의 고삐를 힘껏 쥐고 지금의 속도를 안간힘 쓰며 유지하는 기술이다.

이는 어디선가 본 듯한 풍경이다. 나만의 속도를 유지하려 애쓰는 게 달리기 세계만의 일은 아닐 것이다. 삶에도 사람마다의 페이스가 존재한다. 남들보다 조금 더 빠를 수도 혹은 느릴 수도 있지만 그건 중요치 않다. 우리는 쌓아온 경험을 바탕으로 내게 맞는 최적의 페이스, 다시 말해 가장 나다운 삶의 속도와 방식을 이미 알고 있다. 그 페이스로 각자의 크고 작은 목표에 닿기 위해 하루하루 힘겨운 레이스를 이어간다.

하지만 나만의 페이스로 살아가는 게 여간 어렵지 않다. 일상의 속도는 내가 아닌 다른 누군가로부터 정해지기 일쑤다. 특히 대부분은 속한 집단에서 요구하는 속도에 맞춰 살아간다. 안타깝게도 집단의 목표는 개인의 속도보다 늘 두세 발 앞서가기에 우리는 그 간극 속에서 매번 힘겨워한다. 하루 일과를 마치고 집에 오면 녹초가 되어 침대에 쓰러진다. 그 모습은 달리기 초보 시절, 녹초가 되어 바닥에 널브러

졌던 것과 매우 비슷하다. 삶에서든 달리기에서든 오버 페이스 앞에서는 장사 없다.

그렇다고 환경만을 탓할 순 없다. 때로는 오버 페이스를 스스로 자초하기도 한다. 마이 페이스를 유지만 해도 언젠가 목표에 닿을 수 있음을 우린 이미 알고 있다. 하지만 안일한 생각들이 마음의 눈을 가린다. 날 추월하는 누군가를 볼 때마다 불안과 욕심이 평정심을 뒤흔든다. 목표는 완주이지 남들보다 먼저 도착하는 게 아닌데도 추월의 유혹은 너무 강렬하다. 결국 설익은 상태에서 액셀을 질끈 밟아버린다. 혹시나 했던 마음이 역시나 하는 결과와 마주하고서야 지난 과오를 알아채고 또 한 번 자책한다.

예전에는 높은 위치에서 반짝이는 사람들에게 눈이 갔다. 달리기로 치면 남들보다 먼저 골인해 메달을 걸고서 기쁨을 만끽하는 사람들. 그때마다 마이 페이스를 저버리고, 동경하는 타인의 속도로 뛰어들었다. 하지만 삶의 기준을 내가 아닌 다른 누군가로 옮기자 거대한 간극과 마주했고 늘 그 괴리 속에서 헐떡였다. 아무리 버티려 해도 나가떨어지는 건 예정된 수순이었다. 결국 돌고 돌아 다시 마이 페이스의 품으로 돌아왔고 언제나 그 여정의 발걸음은 무거웠다.

요즘은 안정된 페이스로 꾸준히 달리는 사람들에게 관심을 둔다. 느리고 답답할지언정 결국 자신만의 속도로 성취해내는 이들에게서 작은 힘을 얻는다. 한때는 번뜩이는 순간만을 좇았지만 지금은 내 삶이 마이 페이스의 꾸준함으로 건실히 단련되고 숙성되길 바란다. 달리기 역시 그렇게 내 삶에서 5년 넘게 숙성 중이다. 지금의 느릿한 페이스를 흐트러짐 없이 이어가길, 앞으로도 마주할 수많은 유혹과 의심의 구덩이를 현명히 극복하길, 마지막으로 나뿐 아니라 각자의 속도로 나아가는 모두의 여정이 무탈하길 빈다.

달리기를 위한 변호

달리기에 대해 가장 만연한 편견은 '지루함'이다. 썩 내키진 않지만 어느 정도 인정하는 바이다. 달리기는 축구의 '골'처럼 극적인 순간이 있다거나 농구처럼 화려한 개인기를 뽐내지도 않는다. 기본적으로 승패를 가르는 운동이 아니기에 경쟁이 주는 긴장도 덜하다. 나 홀로 시작하고 끝맺는 일이다 보니 팀플레이의 끈끈한 맛도 없다.

혼자 하는 운동들, 가령 요가나 수영과 비교해봐도 뭔가 머쓱해진다. 요가처럼 수많은 자세들을 하나하나 내 것으로 만드는 재미도, 수영의 다양한 영법을 마스터해가는 과정도 달리기와는 조금 먼 얘기다. 러닝의 꽃이라 하면 마라톤인데 그조차도 언뜻 보기엔 몇 시간 동안 달리고 달리고 또 달리기만 할 뿐이다.

괜한 비교에 죄 없는 달리기의 어깨만 축 늘어져버렸다. 병 주고 약 주는 느낌이라 미안하지만 이제부터 달리기를 위한 변호를 시작하려 한다. 달리기 씨 고개 드세요. 당신 아직 죄인 아닙니다.

물론 지루함은 내게도 찾아온 난관이었다. 달리기를 시작하고 한 달 조금 지났을까, 거리와 페이스는 놀라울 만큼 늘었지만 흥미 역시 놀라울 만큼 사라져갔다. 오픈 빨이 이렇게나 금세 끝날 줄이야. 호기롭게 시작했다가 금방 싫증 내고 그만둔 취미들이 그동안 얼마나 많았던가. 구천을 떠도는 (구)취미들이 달리기 네 녀석도 결국 나와 같은 운명이라며 손을 뻗쳤다.

사실 이유는 분명했다. 매번 똑같은 코스를 달려서였다. 굳이 같은 길을 고집한 건 어제와 달라진 오늘을 또렷이 확인하기 위함이었다. 한동안은 그 선택이 꽤 괜찮은 동기부여로 작동했다. 발전하는 스스로를 확인하는 것만큼 뿌듯한 건 없으니까. 하지만 발전은 끝없는 땀과 고통을 재물로 요구했다. 결국 보람이라는 동력은 금방 힘을 잃었고 나 역시 조금씩 지쳐갔다. 사실 사람의 마음을 진정으로 움직이는 건 성취감보다 더 본성에 닿아 있는 감정이다. 예를 들면 재미 같은 것. 더군다나 그게 취미의 영역이라면 더더욱 그렇다.

여느 때처럼 달리러 나간 어느 밤이었다. 그날도 눈앞에는 익숙한 길이 기다리고 있었다. 가로등 불빛이 메타세쿼이아처럼 쭉 뻗은 평평하고 매끈한 길이었다. 하지만 뛰고 싶지 않았다. 매번 똑같은 배경 아래 뛰는 일이 새삼 러닝머신 위를 달리는 것과 다름없이 느껴졌다.

무심히 등 뒤로 시선을 돌렸다. 침침한 어둠 속으로 길이 이어졌다. 드문드문 서 있는 가로등이 반 딧불처럼 빛났다. 한번도 그 방향으로 가보지 않은 건 두려움 때문이었다. 어둠 속에서 모르는 길을 혼자 가야 한다는 두려움이 매번 발목을 붙잡았다. 게다가 반대편엔 늘 밝고 환한 길이 정답처럼 놓여 있으니 굳이 그 두려움을 거스르며 나아갈 이유가 없었다. 새로운 시도보단 익숙함에 기대는 내 성향을 고려하면 이상한 일도 아니었다. 그런데 그날만큼은 평소와 다른 선택에 주저함이 없었다. 돌이켜보면 대단한 이유가 있었던 것도 아니다. 다만 뜬금없는 모험심이 샘솟는 날이 종종 있는데, 그날 내가 그랬던 모양이다.

　　과감히 발을 떼어 어둠 속으로 파고들었다. 어둑한 광경을 바라만 보다 막상 그 속으로 들어가려니 짧은 순간에 많은 생각들이 스쳐 지나갔다. '그냥 돌아갈까', '괜히 애먼 짓 하는 건 아닐까.' 숨어 있던 효율과 통제의 자아가 모습을 드러내며 나를 다그치기 시작했다. 시간 낭비 그만하고 익숙한 길로 돌아가라고 옆구리를 찔러댔다. 하지만 추진력을 얻은 몸은 이미 어둠 속으로 빨려 들어간 후였다.

2km쯤 갔을까? 어둠은 놀랍도록 허무하게 걷혔다. 출발 지점에서 캄캄하게만 보이던 길의 끝은 알고 보니 새로운 코스의 시작이었다. 오히려 더 넓고 환한 길이 두 팔 벌려 기다리고 있었다. 기존에는 중랑천을 옆에 두는 코스였다면 새로이 펼쳐진 그곳은 중랑천이 한강과 합쳐져 더 크고 웅장한 광경을 뽐냈다. 이렇게 놀라운 코스를 지척에 두고도 몰랐다니. 보이지 않는다는 이유로 의심하고 지나쳤을 수많은 기회들을 떠올렸다.

무언가에 홀린 듯 계속 달렸다. 갓 상경한 시골 쥐처럼 지나는 풍경들을 둘러보기 바빴다. 정신을 차려보니 스마트워치에 7km라는 기록이 찍혀 있었다. 물론 돌아오는 길의 절반 정도는 걸어야 했지만 5km 언저리를 겨우 뛰던 내가 갑자기 10km가 넘는 거리를 달린 것이었다. 태어나 처음으로 두 자릿수 거리를 경험한 날이었다. 새로운 세계를 발견한 즐거움은 힘들다는 감각마저 마비시켰다. 동시에 가보지 않은 길에 대한 두려움이, 달리기가 지겹다는 의심마저도 눈 녹듯 사라졌다.

달리기의 매력은 무한한 확장에 있다. 온갖 화려한 전술이 난무하는 축구도 결국 정해진 규격의 경기장 안에서 펼쳐진다. 요가 역시 요가 매트라는 소우주 속의 움직임이다. 하지만 달리기에는 경계가 없다. 의지만 있다면 언제든, 어디로든 내달릴 수 있다. 내가 사는 곳에서 10분 거리에 존재조차 몰랐던 세계가 보물처럼 숨어 있다는 생각을 하면 이 동네가, 그리고 달리는 일이 조금은 다른 시선으로 보이기 시작한다.

언제부턴가 한정된 동선으로 살아왔다. 집과 회사를 오가는 길이 하루에 남기는 유일한 발자국일 때도 있다. '여기 한번 가볼까?'보단 '그때 거기 가자'가 익숙해진 일상. 한때는 새로움을 갈망하며 여기저기를 쏘다녔지만 지금은 여행조차도 좋아하는 도시 한두 곳만을 반복해 찾는다. 나이 듦의 탓일 수도, 아니면 좋아하는 걸 즐기기에도 시간과 에너지가 부족해서일 수도 있다. 그런 변화가 나쁘단 게 아니다. 다만 인간의 원초적인 즐거움 중 하나, 새로운 경험이 선사하는 즐거움을 일정 부분 포기하며 살고 있음을 부인하긴 어렵다.

달리기는 잊고 있던 그 즐거움을 되찾아준다. 해오던 것을 계속하거나 그만두는 것, 두 가지 선택지만 주어지는 듯한 일상이지만 달리기만큼은 동서남북 어디로든 새로운 여정을 떠날 수 있도록 길을 열어둔다. 안 가본 길은 더 이상 회피와 경계의 대상이 아니다. 새로움과 두려움 사이의 연결고리를 끊어내며 수많은 물음표 속에 살아가야 할 내 손에 작은 용기를 쥐어본다. 내딛는 한 발 한 발의 경험이 느낌표로 가득하길 빌며.

2
부

반
환
점

1인분의 운동

혼자가 편하다. 어릴 때부터 싹이 보이더니 1인가구 황금기를 맞아 그 기질은 꽃을 피웠다. 이제 밥 먹고 여행하고 영화 보는 건 오히려 누구와 함께일 때 어색한 일이 됐다. 외동으로 자라서일까. 어린 시절 최애 프로그램이 〈혼자서도 잘해요〉였단 게 괜히 꺼림직하다. 어쨌거나 시간이 지날수록 혼자가 익숙한 인간, 혼익인간이 되어간다.

혼익인간에게 달리기는 예견된 운명이었는지도 모르겠다. 달리기는 혼자 하는 운동이다. 누구의 도움 없이 나 혼자 시작해 스스로의 의지로 멈춰 선다. 게다가 내게 달리기란 하루 동안 쌓인 감정을 비워내고 차분히 하루를 끝맺는 혼자만의 의식이다. 애초에 누군가와 함께 하기 어려운 일이었다. 그렇게 밤이면 밤마다 집 앞 공터를 홀로 달렸다. "혼자 달리면 안 심심해?"라는 친구의 말도 성수동 혼익인간에겐 그리 와닿지 않았다.

물론 달리기를 전혀 다르게 소비하는 사람들도 있었다. 퇴근길에 무리 지어 달리는 이들을 종종 목격하곤 했다. 처음에는 무심코 지나쳤지만 이후에도 가끔씩 마주치는 그들의 정체가 궁금해졌다. 얼마 지나지 않아 그들이 '러닝 크루(running crew)'로 불린다는 걸 알게 됐다. 부모님 세대의 마라톤 동호회가 지금 20~30대 사이에서 새롭게 변주된 모습이다.

러닝 크루는 동네를 기반으로 활동한다. 퇴근길에 마주쳤던 이들은 잠실의 러닝 크루 JSRC였다. 조금 더 찾아보니 홍대, 반포, 노원 등 다른 동네들에도 러닝 크루가 있음을 알게 됐다. 물론 어떤 크루들은 지역에 얽매이지 않고 이곳저곳을 뛴다. SRC(Social Running Crew), CVS_RC(Convenience Store_ Running Crew) 같은 모임들이 대표적이다. 그 밖에도 다양한 형태의 러닝 크루가 존재한다. 브룩스 러닝의 '런 업(Run Up)'처럼 스포츠 브랜드가 직접 러닝 크루를 운영하기도 하고, 88년생 용띠들의 모임인 '뛰용뛰용' 같이 나이를 기준으로 모이기도 한다.

같은 취향의 사람들과 섞이는 건 언제나 흥미롭다. 하지만 이상하리만치 러닝 크루에는 나갈 마음이 생기지 않았다. 달리기는 나 홀로 씨름하는 일이었다. 적어도 내게는 그랬다. 무리에 섞여 우르르 뛰는 건 성수동 혼익인간에겐 익숙지 않은 그림이었다. 하지만 진짜 이유는 따로 있었다. 못 뛰고, 뒤처지는 모습을 누군가에게 들키고 싶지 않았다. 홀로 조용히 즐기던 일이 한순간에 민폐로 전락할까 두려웠다. 호기심과 두려움은 매번 충돌했지만 결국은 가지 않는 쪽으로 결론 맺었다.

그런데 살다 보면 우주의 기운이 어디론가로 등을 떠밀 때가 있다. JSRC를 처음 나간 날이 그랬다. 평일 점심시간에 인스타그램을 훑다가 JSRC의 세션 공지에 눈길이 멈췄다. 보통은 올림픽공원에서 모이는데 공교롭게도 그날은 집결지가 회사 바로 근처였다. 때마침 그날 만나기로 했던 친구는 기다렸다는 듯 약속을 취소했고, 내 책상 밑에는 오전에 막 배송받은 새 러닝화와 러닝복이 놓여 있었다. 아이돌의 군무처럼 모든 게 딱딱 들어맞는 상황. 이런 날마저 안 가면 앞으로 영원히 못 가리라. 우주의 도움을 받아 드디어 호기심이 첫 승리를 거뒀다.

그렇게 처음 경험한 러닝 크루는 유기적인 시스템 아래 운영되고 있었다. 우선 출발 전에 페이스를 기준으로 그룹을 나눈다. 내가 갔던 날은 1km당 5분 30초 그룹과 6분 그룹으로 나뉘어 달렸다. 6분 정도면 충분히 해볼 만한 페이스였다. 그동안 했던 걱정이 괜한 우려였음을 그제야 깨달았다. 사실 나뿐 아니라 많은 초보 러너들이 괜히 나갔다 뒤처질까 봐 러닝 크루 참여를 주저한다. 하지만 러닝 크루들은 각자의 방식으로 초보자를 배려하고 있다. 크게 걱정하지 않아도 된다.

　　그룹의 맨 앞은 페이서(pacer)가 이끈다. 페이서는 사람들이 정확한 페이스로 달릴 수 있게끔 선두에서 속도를 조절하고 유지한다. 그룹 중간에서는 스태프들이 보행자나 지나가는 자전거를 알려주며 안전을 챙긴다. 힘들어서 도저히 못 따라가겠다면 조용히 그룹에서 이탈하면 된다. 후미에 배치된 스태프들이 뒤처진 사람들을 다독이며 목표점까지 함께 달려준다. 러닝 크루라는 문화가 생긴 지도 어느덧 10년이 되어가기에 생각보다 조직적으로 운영됨을 실감할 수 있었다.

　　나의 러닝 크루 데뷔전은 잠실에서 시작해 흔히 토끼굴이라 불리는 압구정 나들목을 왕복하는 코스였다. 거리로 치면 무려 12km의 장거리 러닝. 코스를 미리 알았더라면 퇴근하고 일말의 고민도 없이 집으로 향했을 것이다. 물론 혼자 10km 넘게 달려본 적은 있었지만 중간중간 걷고 쉬면서 완주한 경험이었다. 코스 소개를 듣자마자 머리가 하얘진 건 당연했다. 주머니 속 신용카드를 확인하고 언제든 택시를 잡아 탈 수 있게 마음의 준비를 했다. 그런데 이게 웬일, 허무하리만치 수월하게 12km를 완주해냈다.

　　누군가와 함께 달릴 때면 지금의 고통이 나만

겪는 게 아님을 확인하게 된다. 재밌는 건 그 사실 하나만으로도 뛸 때의 고통이 상당 부분 덜어진다는 점이다. 옆 사람도 인상을 한껏 찌푸린 채 버티고 있음을 확인하고 나면 포기하려던 마음은 조금 더 해보자는 의지로 전환된다. 사실 뒤처지는 게 창피해서 이를 악물고 달린 것도 없지 않다. 하지만 동기가 무엇인지는 중요하지 않았다. 첫 러닝 크루 경험은 내게 달리기가 혼자만의 세계로 남지 않을 거라는 확신을 남겼다. 동시에 함께 달리는 힘이 얼마나 강력한지 온몸으로 느낄 수 있었다.

상투적인 표현이지만 빨리 가려면 혼자 가고 멀리 가려면 함께 가란 말이 있다. 그런데 달리기의 세계에서는 함께 뛰면 정말 더 멀리까지 갈 수 있다. 5km도 겨우 뛰던 내가 JSRC에 들어가고는 거리를 쭉쭉 늘려나가더니 한 계절이 지나기도 전에 10km 마라톤 대회에 나갔고 이듬해 봄이 되자 하프 마라톤을 준비하기 시작했다.

함께 뛸 때 더 멀리 갈 수 있다는 말은 물리적인 거리만을 의미하진 않는다. 러닝 크루의 깃발 아래 모인 사람들은 달리기라는 운동(sports)으로 새로운 운동(movement)을 만들어낸다. 모든 러닝 크루들이 지향하는 BTG*가 대표적이다. BTG는 'Bridge The Gap'의 약자로, 그 이름처럼 러너들 사이의 거리를 줄이고 화합을 도모하는 캠페인이다. 2012년 베를린 하프 마라톤을 기점으로 촉발된 BTG는 세계를 관통하는 하나의 물결이 됐다. 그때부터 전 세계 러닝 크루들이 서로의 도시를 방문하여 함께 달리는 문화가 자리잡았다.

우리나라 역시 2017년부터 BTG 운동에 동참하고 있다. 매년 3월 서울국제마라톤**에 맞춰 열리는 BTG Seoul이 그것이다. BTG Seoul 시즌이 되면 전국의 러닝 크루와 세계 곳곳의 러너들이 한데 모인다. 크루들은 굿즈를 제작하고 프리 파티를 열어 대회를 앞둔 서로를 격려한다. 대회 당일에는 대규모의 응원 존을 꾸려 저마다 힘겨운 사투를 벌이는 주자들을 응원한다. 대회가 끝나면 모두 모여 단체사진을 찍는데, 수백 명의 러너들이 각자 속한 크루의 깃발을 흔드는 모습이 실로 장관이다. 매년 BTG Seoul을

---

*   뉴욕 '브리지 러너스(Bridge Runners)'의 마이크 새스(Mike Saes)와 런던 '런 뎀 크루(Run Dem Crew)'의 찰리 다크(Charlie Dark)가 함께 시작한 문화 운동이다.

** 러너들 사이에서는 지금의 명칭으로 바뀌기 전 이름인 '동아마라톤' 혹은 줄여서 '동마'라고 흔히 불린다.

경험할 때마다 달리기가 취미 그 이상의 가치로 뻗어 감을 확인한다. 특히 온 세상이 혐오라는 감정에 휩쓸리며 전쟁터로 향하는 요즘, 연대와 지지를 부르짖는 이 운동의 가치는 더욱 빛난다.

BTG가 아니어도 화합과 연대는 러닝 크루들의 중요한 가치로 자리하고 있다. 그리고 이 연대를 바탕으로 여러 의미 있는 일을 만들어낸다. 일요일마다 서울숲을 달리는 '123K30Days'는 매년 우리나라 마라톤 역사의 상징인 8월 9일*을 기리기 위해 8.9km를 함께 달리며 가슴 아픈 역사이자 영광의 시간을 되새긴다. 여성 러너들의 모임인 '필레이디(Feel Lady)'는 3월 8일 여성의 날마다 위안부 피해자를 추모하는 러닝 세션을 열고 기부하는 문화를 만들어가고 있다. 꼭 크루 단위가 아니어도 러너 개개인은 달리는 일에 크고 작은 의미를 담는다. 4월 16일이면 인스타그램 피드는 4.16km를 달린 인증 사진으로 가득해진다. 모두에게 상처로 남은 날이자 다시는 있어서는 안 될 이 날을 러너의 방식으로 기억하고 애도한다.

---

* 1936년 베를린 올림픽 마라톤에서 손기정, 남승룡 선수가 각각 금메달과 동메달을 딴 날이자 1992년 바르셀로나 올림픽 마라톤에서 황영조 선수가 우승한 날이기도 하다.

러닝 크루에 발 담그며 나의 생활에도 조금씩 변화가 생겼다. 알코올향으로 가득했던 금요일 밤은 러너들의 활기와 건강한 땀 냄새로 채워졌다. 함께 달리며 응원할 사람이 생기고 누군가로부터 응원받는 순간이 찾아왔다. 차갑게 고립되어 있던 일상에 때로는 따뜻하고, 때로는 뜨거운 추억들이 쌓여갔다. 사람들의 온기로 가득 찬 그 시간은 지금도 내 달리기 인생에서 가장 빛나는 순간이다.

물론 여전히 혼자 뛰는 날들이 더 많다. 달리기는 혼자 시작해서 혼자 끝맺는 운동이란 믿음에도 변함은 없다. 그럼에도 아직 달리기가 혼자만의 세계로만 존재한다면 한번쯤 함께 달려보길 추천한다. 생각보다 거대하고 흥미로운 모험의 여정이 기다리고 있을 것이다. 그리고 다시 원래의 자리로 돌아왔을 때 전에는 불가능하다 생각했던 한계를 여유로이 넘어서는 스스로와 마주할지도 모른다. 달리기는 1인분의 운동이다. 하지만 1인분들이 모여 만들어낸 힘은 기대보다 늘 두세 걸음 더 멀리 나아갔다.

도시를 달리는 러너

내 고향은 서울이다. 삶의 대부분을 서울이란 대도시 속에서만 지내왔다. 하지만 나의 서울 지도 곳곳은 여전히 발길 닿지 않은 백지상태로 남아 있다. 늘 가는 길만 반복하다 보니 일상의 동선은 놀라울 정도로 단조롭다. 하루하루의 발자취를 펜으로 잇는다면 출퇴근길과 집 근처만이 수백 번 겹쳐진 두터운 선으로 남을 것이다. 30년 넘게 살아온 도시임에도 서울이 종종 낯설게 다가오는 이유다.

하지만 이제는 달리기로 서울 지도의 빈칸을 채우는 중이다. 특히 러닝 크루에 들어가고부터 내 발길은 도시 이곳저곳으로 뻗어갔다. 가보지 않은 곳들을 경험하고 익숙한 도시의 처음 보는 얼굴들과 마주했다. 어릴 때부터 이사를 자주 다녀 추억이랄 것도 없는 서울이 갑자기 애정 어린 고향으로 자리해갔다. 달리기가 이 도시를 향한 마음의 온도를 바꿔놓은 셈이다.

서울은 달리기 좋은 도시다. 세계 곳곳을 둘러봐도 러너에게 이만한 도시가 또 있을까 싶다. 우선 중앙을 가로지르는 한강 덕에 어디서든 훌륭한 풍광을 즐기며 달릴 수 있다. 너무 멀리 가거나 행여나 길을 잃어도 걱정 없다. 대중교통을 이용하면 어디서든 손쉽게 원점으로 돌아올 수 있다. 심지어 외국 대도시들에 흔히 존재하는 슬럼조차 없어 비교적 안전한 환경 속에서 뛸 수 있다. 종종 해외에 나가 달릴 기회가 있는데 그때마다 새로운 정취에 흠뻑 빠지면서도 이내 서울의 편리함을 떠올린다. 아무리 생각해도 서울만 한 곳이 없다.

이를 증명하듯 동네를 대표하는 크고 작은 크루들이 서울 곳곳에서 생겨나고 있다. 무척이나 반가운 현상이다. 특히 서울의 다양한 매력을 음미할 수 있다는 점에서 더욱 그렇다. 가령 잠실을 중심으로 달리는 JSRC는 송파구 일대로 코스를 짜고 운영한다. 한 지역을 오래, 그리고 면밀히 경험한 로컬들이 참여하다 보니 '아니 잠실에 이런 데가 있었어?' 싶은 코스들을 기막히게 찾아낸다. 덕분에 송파구민만 알 법한 동네의 숨은 매력을 성동구민인 나도 맛본다. 다른 크루들에 놀러 가도 마찬가지다. 그 지역만의 특별한 코스로 게스트를 안내하는 것이 크루의 경쟁력인 만큼, 서울의 몰랐던 모습과 만나기에 이만한 방법이 없다.

나 역시 러닝 크루들의 도움으로 도시 이곳저곳을 경험했다. 그중 가장 애정하는 서울의 공간들을 공유해본다.

우선 떠오르는 건 낙산공원이다. 러너들은 종종 산을 탄다. 평지도 힘든데 굳이 높은 고도를 오르는 이유는 딱 하나, 도시의 야경을 즐기기 위해서다. 대부분의 러너들이 퇴근 후 늦은 저녁에 달리기 때문에 나만의 야경 명소 하나쯤은 있기 마련이다. 내게는 낙산공원에서 내려다본 서울의 밤이 가장 특별하다. 치열한 일상이 만들어내는 불빛의 파도 앞에 서면 아름답다는 감탄과 함께 묵직한 감정이 내려앉는다. 늘 북적거리는 남산에 비해 한결 여유로이 야경을 즐길 수 있고 공원을 찾은 동네 주민들의 일상을 바라보며 삶의 온기도 느낄 수 있다. 비록 올라가는 길이 정직한 오르막이라 조금 힘들지만 터질 듯한 숨을 참으며 정상에 닿는 순간, 서울 최고의 야경이 선물처럼 펼쳐진다.

한강도 빼놓을 수 없다. 사실 서울의 러닝 코스를 논할 때 한강을 제외하고 이야기하기란 불가능하다. 어디서 출발하든 자연스레 그리로 향할 만큼 한강은 모든 러너들의 절대적인 지지를 받는다. 특히 내가 좋아하는 건 한강 다리를 건너는 코스다. 한강을 옆에 두고 뛰는 것과 다리를 건너 강 한가운데를 가로지르는 건 완전히 다른 경험이다. 한강을 옆에서 바라볼 땐 잔잔하기 이를 데 없지만 그 중심부로 들어서면 무서운 유속이 만들어내는 굉음에 압도당한다. 게다가 옆으로 쌩쌩 지나는 차들과 미세하게 흔들리는 다리의 움직임을 감지할 때면 맨정신에도 술 취한 기분이 들 만큼 현실감각이 사라지곤 한다. 그중에서도 가장 독특한 곳은 잠수교다. 본디 차량을 위해 설계된 다른 다리들과 달리 잠수교는 러너와 라이더, 그리고 차량이 같은 비중의 차선을 차지하며 묘한 분위기를 만들어낸다. 게다가 정규분포 그래프처럼 가운데가 우뚝 솟은 구조 탓에 가벼운 업 힐(up hill) 훈련을 원하는 러너들의 단골 코스다. 또한 반포한강공원의 입구와 맞닿아 있어 강남 지역 크루들의 메인 코스로 공유되고 있다. 개인적으로는 좋아하는 가수의 뮤직비디오 촬영지여서 그분의 정기를 받기 위해서라도 종종 핑계 삼아 들르곤 한다.

마지막 추천 코스는 가장 개인적인 공간으로, 마틴 스코세지의 말처럼 가장 창의적인 공간까진 아니지만 동네의 소박한 아름다움을 가득 품고 있다. 소박함 탓인지 이름조차 제대로 알려지지 않았는데 성동구청 홈페이지에서 겨우 '송정제방길'이란 이름을 찾아냈다. 송정제방길은 뚝섬에서 시작해 군자교까지 뻗은 왕복 5km의 직선 산책로다. 집에서 뛰면 1~2분이면 닿는 곳이라 아침이든 밤이든 24시간 카페처럼 언제든 나를 맞아준다. 본디 빚꽃 길로 조성 됐기 때문에 울창한 자연의 지붕 아래 달릴 수 있고, 동부간선도로를 끼고 있어 도시의 빛이 심야 뜀박질 의 심심함을 달래준다.

재밌는 건 이런 공간을 지척에 두고도 몰랐다 는 사실이다. 의외로 우리는 자신의 동네에 무지하 다. 나 역시도 지하철역에서 집까지 이어지는 출퇴근 길 외에는 늘 무관심했다. 의지를 갖고 동네를 돌아 보려고 해도 걷는 건 조금 답답하고 지루하게 느껴졌 다. 하지만 달릴 때는 다르다. 달리기는 동네의 숨은 모습들을 들춰낸다. 동네의 재발견은 곧장 내 일상과 직결되기에 좀 더 피부로 와닿는 달리기의 선물이다. 이틀에 한 번꼴로 들르는 서울 최고의 빵집, 집중이 필요할 때마다 찾는 카페와 혼밥이 가능한 심야식당 까지. 존재조차 몰랐던 성수동의 보석들을 러닝과 약 간의 우연 덕에 발견했고, 지금은 내 소중한 일상으 로 자리해 있다.

내게 서울은 생활보단 생존의 공간이었다. 뭐 라도 해보려 발버둥 치고 살아남기 위해 고단한 시간 을 보내던 도시였다. 사회생활을 시작하고부터 냉소 의 감정은 더 깊어졌다. 빼곡한 인파 속에서 오히려 더 큰 공허함을 느끼곤 했다. 시간이 갈수록 삶의 궤적은 더욱 제한되었고 출퇴근길로 대표되는 단조로운 풍경만이 반복됐다. 하지만 달리고부터 그 생각들에 정말 많은 변화가 일었다. 경직된 동선에서 벗어나 도시의 새로운 아름다움과 미처 몰랐던 동네의 매력을 발견해갔다. 나만 아는 공간이 생기고, 그곳에 소중한 추억들을 쌓아가자 아스팔트와 시멘트 틈새로 애틋한 감정들이 채워지기 시작했다. 그때부터 이 도시는 더 이상 생계의 터전만으로 존재하지 않았다. 곳곳에 묻어 있는 나의 감정들 덕에 서울은 곧 내 일부로 자리 잡았다. 그래서 지금은 당당히 말할 수 있다. 나는 서울 사람이고 또한 서울 러너다.

해외여행을 가면 현지의 러닝 크루를 찾곤 한다. 감사하게도 외국에서 온 귀한 손님으로 대접받으며 자기소개 시간을 갖기도 하는데, 그때마다 서울은 나의 상징이 되어준다. 달리기 덕분에 마음 깊이 사랑하게 된 도시인 만큼 자신감 있는 어조와 자신감 없는 영어로 첫인사를 건넨다.

"Hello. I'm Kim from SEOUL."

웰컴 투 피맛골

달리기의 매력을 하나만 꼽으라면 뭐라고 답해야 할까. 혼자서 잠깐의 시간만 내면 되는 편리함? 도시의 숨은 매력을 발견하는 즐거움? 아니면 '러너스 하이(runner's high)'처럼 달리는 행위 자체가 주는 육체적 쾌락? 내게는 여러 이유들을 제치고 '성장'이란 두 글자가 맨 앞에 놓여 있다.

우리 모두에게는 성장의 욕구가 있다고 믿는다. 지금보다 더 나아지고픈 욕심이 계속해서 우리의 삶을 어디론가 이끈다. 하지만 성장은 언제나 긴 호흡을 필요로 한다. 문제라면 그 지난한 과정이 성장을 보장하지도, 현재의 진행 상황을 제대로 알려주지도 않는다는 것이다.

반면에 달리기는 하루하루 달라진 나와 만나는 일이다. 특히 막 달리기를 시작했다면 글자 그대로 '나날이' 성장하는 자신의 모습을 목격할 수 있다. 첫 목표로 삼았던 5km 정복 과정을 돌이켜봐도 그렇다. 어떻게 안 쉬고 그만큼을 달릴 수 있을까 싶었지만 매일 한 계단씩 오르다 보니 불과 한 달만에 달성할 수 있었다. 한번 맛본 성장의 중독성은 너무도 강력했다. 목표 하나를 넘어서면 이내 다음 목표를 찾아나섰다. 그 과정에서 내게도 목표, 성장, 성취, 다음 목표라는 선순환 구조가 만들어졌다. 어쩌면 이것이야말로 지금까지 달릴 수 있었던 원동력이 아니었을까 싶다.

　　목표와 성취 사이의 진자운동은 시간이 지나면서 새로운 국면에 접어든다. 나 혼자만의 힘으로 또는 내가 해오던 방식으로 해결할 수 없는 목표가 높은 벽처럼 등장한다. 전에 없던 방법이 필요한 시기다. 그때부터 목표를 달성하기 위해 목적 있는 달리기가 필요하다. 흔히 '훈련'이라 부르는 고된 과정이다. 훈련은 집 앞을 달리는 것과는 전혀 다른 느낌의 뜀박질이다. 닿고자 하는 목표를 좌우명처럼 마음 한편에 걸어두고 이론과 실전의 모든 방법을 동원한다. 껍질을 깨기 위해 끝까지 몰아붙이다 보니 여러모로 고되고 또 벅차다.

　　그래서 훈련은 혼자보다는 함께가 낫다. 비슷한 목표를 가진 사람들이 모여 서로 정보를 공유하고 함께 달리는 즐거움으로 고통을 상쇄한다. 여기서 러닝 크루는 훈련을 위한 중간 다리의 역할도 겸한다. 러닝 크루가 제공하는 '같이'의 가치 중 대표적인 것이 훈련이다. 가을 대회 일정에 맞춰 훈련 멤버를 모집하는 건 크루에서 흔히 볼 수 있는 광경이다. 나 역시 '생애 첫 하프 마라톤'이라는 버거운 목표를 앞두고 크루에 기대보기로 했다.

훈련은 크게 두 종류로 나뉜다. 마이 페이스보다 느린 속도로 장거리를 달리는 LSD(Long Slow Distance) 훈련과 최대한 빠른 페이스로 단거리 주행을 반복하는 인터벌 훈련이 그것이다. 이는 무쇠를 단련하는 과정과 비슷하다. LSD가 폐를 확장시켜 장거리 주행이 가능하게 몸을 만드는 작업이라면 인터벌은 심폐 능력을 극한까지 몰아붙이며 단단하게 굳히는 과정이다. 그렇게 몸은 수축과 이완을 반복하며 쫀쫀하게 단련되어간다.

하프 마라톤을 준비하는 내게 필요한 건 인터벌이었다. 앞에서 말한 것처럼 인터벌은 빨리, 그리고 짧게 뜀을 반복한다. '빨리'의 정도를 가늠할 수 없어 리딩하는 페이서에게 살며시 물었다. 그런데 자꾸 대답을 피하는 눈치였다. 알고 보니 그는 약사였다. 그가 '모르는 게 약'을 처방해준 것도 모른 채 나는 난생처음 경험하는 트랙 러닝에 마음만 들떠 있었다.

첫 인터벌은 400m 질주, 200m 리커버리의 가장 일반적인 훈련이었다. 400m 트랙 한 바퀴를 빠른 페이스로 달리고, 반 바퀴는 천천히 조깅하듯 뛰며 휴식을 취하는 형식이다. 질주와 리커버리 한 번씩을

한 세트로 묶고 연속해서 열 세트를 진행하는 것이 훈련 첫날의 스케줄이었다. 두 줄로 나란히 서서 다 함께 카운트다운을 외치고 첫 세트의 400m 질주를 시작했다. 근데 속도가 이상했다. 당황해서 나란히 뛰던 동료에게 말을 걸었다. "어? 이거… 저… 지금… 이거." 다급하게 확인한 스마트워치는 4분 30초 페이스를 가리키고 있었다.

음치 탈출 첫 수업으로 나얼의 〈바람기억〉 따라 부르기에 도전한 것과 다름없었다. 당황한 나를 아랑곳하지 않고 페이스는 계속해서 올라갔다. 셋째 세트의 400m는 4분 20초, 다섯째 세트에 접어들자 페이스는 잠깐이지만 4분 플랫까지 치솟았다. 온몸을 비틀며 어떻게든 버티려 해도 이미 내 가랑이는 찢어진 상황. 결국 다섯째 세트를 마치자마자 방전 상태에 이르렀다. 너무 힘들어서 신음소리조차 내지 못했고 폐는 이렇게 자기주장이 강했나 싶을 정도로 심하게 요동쳤다. 그렇게 대열에서 완전히 이탈해 거친 숨을 내쉬었다. 그때 목에서 처음 경험하는 이물감을 느꼈다. 가래는 아닌데 침이 평소와는 조금 다른 점도로 뭉쳐 있었다. 어렵사리 꿀떡 넘기자 이상한 맛이 감돌았다. 피 맛이었다.

슬래셔 무비에나 나올 법한 표현 같지만, 정말

그 단어 말고는 달리 표현할 방법이 없다. 혹시 너무 격렬한 운동으로 몸속에 출혈이 생긴 건 아닐까? 걱정이 되어 물었더니 페이서는 이내 웃으며 내 어깨를 토닥였다. "피 맛 보셨으면 오늘 제대로 훈련하신 거네. 다음 주 훈련 꼭 오세요. 오늘이랑 완전 다를걸요?" 아니 그래서 나 괜찮은 거냐고 다시 물으려던 마음은 그의 확신 어린 눈빛 앞에 뒷걸음쳤다. 의심을 한가득 안은 채 그다음 주 훈련에 임했다. 똑같이 400m 질주, 200m 리커버리의 인터벌. 나는 여덟째 세트까지 버텨냈다.

그 뒤로도 종종 피 맛을 봤다. 몸을 가누지 못할 정도의 극한 지점에 다다르면 어김없이 목구멍으로 찐득한 느낌이 찾아왔다. 불쾌하면서 동시에 흡족했다. '그래, 이 맛이지.' 중세 루마니아 귀족의 직계 후손 같은 생각을 토종 한국인 상민 씨는 떠올렸다. 목 안을 진득히 감도는 이물감은 레벨 업을 의미했다. 피 맛을 보고 나면 다음 날 어김없이 한 단계 올라섰다. 결국 그 맛을 잊지 못해 매주 스스로를 벼랑 끝까지 몰아붙였다. 종로의 직장인들이 점심시간마다 그랬던 것처럼 나 역시 다른 의미의 '피맛골'로 출퇴근을 반복한 셈이다.

인터벌은 단 한 번의 예외 없이 고통스러웠다. 특히 한여름으로 접어들자 온몸이 땀으로 절었고 달리다 현기증까지 올 정도였다. 그럴 때면 스스로에게 의문이 든다. 왜 이렇게까지 하는 걸까. 안 그래도 더위에 취약해 여름이면 에어컨을 끼고 사는 사람이 폭염경보 재난문자에도 아랑곳 않고 러닝화를 챙기는 이유가 뭘까. 땀과 노력의 결실이 대단한 것도 아니다. 10km 마라톤으로 치면 고작 2~3분 정도 더 빨리 들어오기 위해, 하프 마라톤에서는 기존 기록에서 10분도 안 되는 시간을 당기려 이 고생을 한다. 잠시 한눈팔면 금세 지나갈 시간 때문에 이런 고생을 자처하다니. 러닝화를 챙기던 손이 잠시 멈칫한다.

그때 마케터로 일하며 몸에 새긴 교훈 하나를 떠올렸다. 내가 업으로 삼고 있는 일은 프로젝트 단위로 움직인다. 그리고 프로젝트를 맡아 진행하는 건 조각상을 만드는 일과 비슷하다. 크게 크게 정을 내려쳐 윤곽을 잡아야 할 때가 있는 반면 작은 조각칼을 손에 들고 마이크로 단위로 깎으며 디테일에 매달려야 할 때도 있다. 그런데 마케터의 역량은 대부분 디테일에서 판가름 난다. 주의 깊게 보지 않으면 알아보지도 못할 정말 작은 디테일들이 쌓여 결과물의 완성도를 결정한다.

훈련 역시 후반부로 갈수록 디테일을 잡아가는 단계에 들어선다. 디테일을 완성해가는 과정에는 효율의 잣대를 들이밀 수 없다. 마이 페이스를 단 5초 줄이려 한 달 내내 매달리는 비효율의 전쟁을 벌인다. 하지만 그 비효율의 투자가 모여 나를 결코 닿을 수 없던 곳까지 인도한다. 6년 간의 마케터 생활이 알려준 디테일의 힘을 떠올리고서야 멈칫했던 손을 다시 움직여 러닝화를 가방에 넣는다.

많은 러너들이 '인터벌' 세 글자에 학을 뗀다. 듣기만 해도 지긋지긋하다며 손사래치기 일쑤다. 그런데 훈련의 계절이 찾아오면 다시 슬그머니 '피맛골'로 모여든다. 이는 성장이라는 달리기의 거대한 동기와 닿아 있다. 스스로의 발전을 피부로 느끼는 건 단순한 자기만족에 그치지 않는다. 지레 겁먹고 못할 거라 생각한 관문을 성큼 넘어설 때, 그렇게 내가 무언가 할 수 있는 존재임을 인지할 때, 어느덧 예전과 전혀 다른 태도로 삶을 바라보기 시작한다. 냉소 대신 긍정 어린 시선을, 자조 대신 꾸준함을 신념 삼아 각자의 길을 뚜벅뚜벅 걸어간다. 그 여정의 끝에는 언제나 놀라운 결과가 기다리고 있다. 나 역시 훈련으로 쟁취한 발전을 손에 쥐고 그 길을 5년째 걸어가는 중이다. 앞으로 어떤 이야기와 마주할지, 부푼 기대와 희망을 안고서 올해도 인터벌 시작의 카운트다운을 외쳐본다.

외콧구멍 러너

코감기가 심하게 걸려 이비인후과에 들렀다. 콧속을 보기 위해 의사 선생님은 가는 호스를 콧구멍에 밀어 넣었다. 며칠 전 본 미드 〈기묘한 이야기〉가 떠오르면서 마인드 플레이어에 잠식당한 윌이 이런 기분이었겠구나 싶었다. 호스에 달린 카메라로 콧속을 살피던 선생님은 뜻밖의 이야기를 꺼냈다. "평소에 숨 쉬는 거 안 불편했어요? 이거이거, 콧구멍 하나로 사는 분이네." 콧구멍이 하나라니. 지난 세월 성실히 번갈아 파왔는데 이게 무슨 소리람.

사실은 이랬다. 지금 다 같이 자기 코를 만져보자. 콧등 위쪽을 만져보면 두툼한 뼈가 잡힌다. 숨을 들이마시고 뱉을 때 공기가 드나드는 일종의 순환로다. 그런데 나는 이 통로가 남들보다 훨씬 두껍다는 것이다. "정말요? 그럼 제 코가 높은 건가요?" 선생님은 망설임 없이 답했다. "아니요, 그냥 이 뼈가 두껍다고요." 순간 나와 선생님 사이에 어색한 정적이 흘렀고 나는 뻘쭘히 콧등만 만졌다. 아무튼 그런 이유로 나는 코를 통해 오가는 공기량이 남들의 절반밖에 안 된다고 한다. 선생님의 이과식 유머처럼 정말 콧구멍 하나로 살아온 셈이다.

그제야 30년 묵은 비밀이 정체를 드러냈다. 어릴 때부터 숨 쉬는 걸 어려워했다. 지금도 배가 볼록

나왔다 들어가는 게 보일 정도로 숨을 쉬어야 편안함을 느낀다. 격렬한 운동을 하면 늘 머리가 아프다. 게임을 오래 하거나 영화에 과몰입하면 머리가 띵해진다. 의사 선생님 설명에 따르면 이유는 간단했다. 몸속에 산소가 덜 돌아서다. 무언가에 집중하면 자연스레 호흡의 주기가 길어지거나 무호흡 현상이 일어나는데 이때 나는 남들보다 쉽게 산소결핍이 온다는 것이다. 틈만 나면 머리가 아프고 어지러웠던 이유가 다 있었다.

그와 동시에 또 다른 미스터리 하나도 해결됐다. 내가 왜 그리도 못 달리는지, 드디어 그 이유가 밝혀졌다. 지금까지 5,000km 넘게 달렸지만 누적 거리가 무색할 만큼 내 실력은 중급자 레벨에 머물러 있다. 공식 기록으로 10km를 50분 내에 주파한 적도 없고 풀코스 마라톤을 다섯 번이나 뛰었음에도 풀코스를 4시간 이내로 완주하는 '서브4'는 아직 머나먼 이야기다. 비슷한 시기에 함께 시작한 친구들은 이미 저 멀리 앞서 있다. 뒤늦게 출발한 분들 역시 어렵지 않게 나를 앞질러 갔다. 추월당하는 순간마다 내 자질에 의문을 품곤 했다. 열심히 안 하는 것도 아닌데 왜 이러는 걸까. 그런데 알고 보니 내가 외콧구멍 러너였던 것이다. 이제 적어도 선명한 이유 하나는 알게 됐다.

농담이 아니라 외콧구멍은 달리기에 꽤 치명적인 영향을 미친다. 달리기에서 호흡은 곧 회복을 의미한다. 우리는 숨을 들이마셔 몸에 산소를 공급하고, 공급된 산소는 혈액을 통해 근육으로 운반되어 활용된다. 산소 공급이 원활하지 않으면 근육에 피로물질이라 불리는 젖산이 쌓이게 되고 결국 극심한 피로감으로 두 발은 멈춰 설 수밖에 없다. 코로나19 사태로 마스크를 쓰고 달리는 요즘, 평소보다 더 빨리지치게 되는 이유다. 이렇게 기록과 직결되기에, 수많은 사람들이 달리는 리듬을 유지하며 온몸에 산소가 더 잘 돌 수 있도록 호흡에 신경 쓴다. 나 역시 그중요성을 잘 알고 있었기 때문에 외콧구멍 진단은 큰충격으로 다가왔다. 집으로 돌아오는 길, 얼얼해진정신으로 애먼 코만 매만졌다.

콧구멍에 얽힌 비밀을 알고부터는 달리다 포기하는 일이 잦아졌다. '아… 역시 난 여기까지야, 내콧구멍으론 이게 한계야, 나는 애초에 잘 뛸 수가 없었어.' 빠져나갈 구멍이 생기자 갈림길에 설 때면 어김없이 포기하는 쪽으로 몸을 기댔다. 좌절의 경험은층층이 쌓여갔고 그 위로는 울적함이 얹어졌다.

툭하면 흥미를 잃고 마는 성수동 싫증주의자지
만 달리기에만큼은 전례없는 애정을 쏟았다. 달리
기는 십수 년간 방황해온 취미 컬렉터가 드디어 발견
한 정착의 땅이었다. 하지만 그 운명적인 만남에도
불구하고 선천적인 핸디캡에 발목을 잡힌 기분이었
다. 브레이크 없이 질주하던 달리기의 즐거움은 외콧
구멍이란 과속방지턱에 걸려 휘청였고, 이내 "핸들이
고장 난 에잇 톤 트럭"이 되고 말았다.

그렇게 서글픈 마음에 빠져 있을 때 문득 잊고
있던 사실 한 가지를 떠올렸다. 지난 시간을 돌이켜
보니 달리기를 시작한 뒤로 단 한 번도 쉬지 않았다.
달리기를 처음 시작한 2015년부터 거의 매달 100km
씩 달려왔다. 부상을 겪지 않았다는 뜻이다. 자잘한
부상은 있었어도 장기간 병원 치료가 필요하거나 오
랜 시간 쉬어야 했던 적은 없었다. 오늘도 수많은 러
너들이 각종 부상과 싸우고 있는 걸 생각하면 신기하
리만치 운이 좋은 케이스다.

재밌는 건 튼튼한 몸도 외콧구멍처럼 타고났다
는 점이다. 워낙 우량아로 태어나기도 했고 특히 다
리 쪽은 별다른 운동 없이도 언제나 튼실했다. 백만
불짜리 '초원이' 다리에는 비할 바가 못 되지만 내 다
리도 요즘 환율로 백만 엔 정도는 쳐줄 만하다. 결국

인생이란 플러스 마이너스 제로인 건가. 에디 슬리먼의 스키니한 디올 옴므를 동경하던 시절 내 다리는 저주받은 하체였지만, 러너로 거듭난 오늘은 부모님이 내려준 축복에 가깝다. 그렇게 세상에 마냥 나쁜 것도 좋은 것도 없음을, 둘이지만 하나뿐인 콧구멍을 후비며 되새긴다.

신기하게도 이런 신체 구조는 나의 지난 삶과도 닮아 있다. 어릴 때부터 재능의 부재를 한탄했다. 예나 지금이나 딱히 잘하는 게 없다. 허우대는 멀쩡한데 뭘 하든 어설픈, 반에 한 명쯤 있는 그런 애가 나였다. 그 대신 마음에 꽂힌 건 늘 성실히 했다. 남이 알아주든 몰라주든 꾸준히 오래 하는 것만큼은 자신 있었다. 재능이 없으니 성실히라도 살자는 자기객관화였을까. 어린 시절 특기란에는 '열심히 하기'라는 다섯 글자만이 언제나 수줍게 적혀 있었다.

그런데 요즘은 꾸준함도 또 다른 형태의 재능이 아닐까 생각해본다. 재능이 비옥한 토양이라면 성실함은 하루하루 땅을 살피는 태도다. 비옥하지 않다 하여 농사를 못 짓는 게 아니고 비옥하다 하여 매해 풍작을 거두는 게 아닌 것처럼, 모든 결과가 재능에만 기대진 않는다. 재능이 모든 걸 결정하지도 않고 재능 없는 사람이 영원한 루저로 남으라는 법도 없다. 지난 삶 속에서 확실하게 목격한 사실이 있다면 재능만으로 나아가는 데는 한계가 있다는 것. 반복의 힘을 믿고 꾸준히 해나간 사람은 필연적으로 재능 그 이상의 지점에 가 있다는 것.

물론 달리기의 세계에서도 재능은 큰 영향력을 발휘한다. 한두 번 달려도 비거리를 쭉쭉 늘리며 쉽게 엘리트 그룹에 합류하는 이들을 수없이 보아왔다. 그리고 나의 재능 비극은 달리기에서도 이어졌다. 외콧구멍은 재능과 담쌓고 지내온 역사에 새로운 한 줄이 됐다. 하지만 꾸준함의 신은 재능의 격차를 존버력으로 버티라 명하시며 튼튼한 두 다리를 하사했다. 그렇게 부상 한 번 없이 5년 넘게 달렸다. 텅 빈 재능의 곳간을 두 발을 굴려 땀으로 채워 넣었다. 느리지만 천천히 나아가며 기어코 풀코스 마라톤을 완주했고 여전히 내 달리기에 마침표는 찍히지 않았다.

처음 달리기에 재미를 붙였던 그때로 돌아가본다. 여러 취미들을 깨작거리다 달리기에 안착했던 이유는 경쟁의 대상이 다름 아닌 나 자신이라는 매력 때문이었다. 달리기가 다른 누군가를 이겨야 하는 운동이었다면 나의 외콧구멍은 패배의 원인이자 책임 소재가 되었을 것이다. 동시에 나는 또 한 번 재능의 부재를 한탄했을 것이다. 하지만 달리기는 내 앞의 누군가를 제치는 게 아니라 스스로 세운 목표, 혹은 과거의 나와 벌이는 대결이다. 대결에서 패했다면 그건 재능이 없어서가 아니라, 콧구멍을 핑계 삼아 더 나아가지 않은 태도의 문제다. 결국 내 콧구멍이 한 개든 세 개든 그것은 하나도 중요하지 않다.

숨이 속도를 의미하고 다리가 거리를 뜻한다면 나는 천천히, 하지만 오래 달리도록 설계된 몸이다. 재능 대신 성실함에 의지하는 내게는 어쩌면 최적의 설계일지도 모르겠다. 재능의 차이를 꾸준함으로 메워가는 일은 앞으로도 계속될 것이다. 그와 더불어 앞으로도 나 자신과 벌이는 이 고단한 싸움을 콧구멍 하나로 이어갈 참이다. 내 한쪽짜리 콧구멍과 백만 엔짜리 다리의 상관관계처럼 천천히, 하지만 오래오래.

생각의 빈틈

취미가 '달리기'라고 밝히면 여전히 놀란 표정들과 마주한다. 예전보단 즐기는 사람이 정말 많아졌지만 아직 달리기에 '취미'의 자격을 부여하는 게 흔한 광경은 아니다. 여기에 마라톤을 완주했다는 고백까지 더해지면 본격적인 질문 릴레이가 시작된다. "그렇게 달리면 안 힘들어요?"는 기본이고, "계속 달리고만 있으면 지루하지 않아요?"부터 "달리기 자주 하면 다리 굵어진다던데, 사실인가요?" 같은 음모론까지. "그런데 왜 살은 안 빠지고 그대로예요?"라는 질문 앞에선 부들거리는 마음을 진정시키기 바쁘다. 물론 인상 깊은 질문도 날아든다. 예를 들면 이런 것. "달리면서 무슨 생각 해요?"

처음에는 이상한 질문이라고 생각했다. 격렬한 운동과 생각의 여유는 공존하기 어려운 조합이니까. 예를 들어 축구를 하고 있다고 가정해보자. 눈앞에서 벌어지는 각종 상황들을 예의 주시 하며 적절히 반응하기도 벅차다. 플레이하는 와중에 딴생각을 하는 건 조기축구회에 등장한 박지성 정도나 가능하다. 어느 누구도 공을 차며 오늘 저녁 메뉴를 고민하거나 인간관계의 어려움을 떠올리지 않는다. 하지만 유독 달리기를 향해서는, 특히 마라톤의 경험을 이야기할 때면 정해진 식순처럼 그 질문이 날아든다.

그런데 곰곰이 생각해보면 조금은 이해되는 지점도 있다. 매번 깊이 몰입하거나 전력을 다하는 다른 운동과 달리 달리기는 매 순간 러너를 한계점까지 몰아세우진 않는다. 대부분의 러너는 그보다는 느슨한 페이스로 각자의 목적에 맞는 레이스를 이어간다. 달리며 신경 쓸 거라고는 몸의 컨디션과 갑자기 등장하는 돌발상황 정도다. 자연스레 그 느슨함의 정도만큼 빈틈이 생겨난다. 내 주변 사람들은 필연적으로 발생하는 그 틈을 무엇으로 채워 넣는지 궁금했던 거였다. 이제야 질문의 의도가 손에 잡힌다. 그렇다면 나의 대답은 이렇다. "딱 한 가지 생각만 깊게 하거나, 아무 생각도 안 합니다."

독일 하이델베르크에 가면 '철학자의 길'이란 산책로가 있다. 괴테나 헤겔 같은 철학자들이 그 길을 거닐며 사색에 잠겼다고 해서 붙여진 이름이다. 10년 전 하이델베르크에서 처음 그 이야기를 들었을 땐 크게 와닿지 않았다. 길을 걷는 것과 진리에 닿는 길은 말 그대로 육체와 정신의 서로 다른 길이라 생각했다. 하지만 달리기를 시작하고서야 그 의미를 조금 헤아리게 되었다. 육체와 정신은 면밀히 연결돼 있다. 우리는 몸을 움직일 때 생각의 본질과 한 걸음 가까워진다. 문과 출신이라 과학적인 근거로 멋들어지게 설명할 순 없지만 경험담은 들려줄 수 있다.

달리기가 만들어내는 빈틈 사이로 이따금 생각 하나를 끼워 넣는다. 그 생각은 대부분 무거운 질량의 고민들이다. 인간관계에서 비롯된 앙금 섞인 감정이나 온갖 이해가 뒤얽힌 어른의 일, 삶에 치여 신음하는 나를 향한 실망일 때도 있다. 그런데 달리다 보면 종종 그 고민들이 해결되곤 한다. 달리기 시작하면 식혜 밥알처럼 가라앉아 있던 온갖 생각들이 섞이고 뒤흔들린다. 그 과정에서 잠시 잊고 있던 생각을 다시 떠올리거나 잘못된 곳에 묵혀 있던 마음을 원래의 자리로 돌려놓는다. 그제야 정돈된 마음 사이로 고민이 또렷하게 정체를 드러낸다.

달리면 모든 게 단순해진다. 아무리 무거운 고민이라도 달리기 시작하면 점차 그 부피가 줄어든다. 몸이 바쁘게 돌아가니 평소처럼 복잡하게 생각할 여유가 없어서다. 우선순위 정렬 버튼을 누른 것처럼 중요치 않은 것들은 자연스레 생각의 바깥으로 밀려나고 마음 한가운데에는 고민의 본질만이 남는다. 그렇게 본질과 직접 대면하면 생각보다 쉽게 고민의 마침표를 찍을 수 있다. 당시에는 세상 복잡하고 어려웠던 고민이 지금 돌이켜보면 참 별거 아니었음을 깨닫는 것과 비슷한 이치다. 깊은 통찰로든 시간의 흐름으로든 고민의 단단한 껍질을 벗겨 핵심과 마주할 수 있다면 모든 건 명쾌해진다. 달리기는 그 껍질을 용이하게 벗겨주는 과도가 되어준다. 전에는 미처 알지 못했던 뜀박질의 숨은 기능이다. 늦은 밤이어도 무거운 마음 하나가 일상 전체를 짓누른다 느낄 때면 기어코 운동화 끈을 고쳐 매는 이유이기도 하다.

하지만 달릴 때마다 생각의 빈틈을 채워야 할 필요는 없다. 고백하자면 머리를 텅 비워둔 채로 밖을 나서는 경우가 훨씬 많다. 물론 그렇게 달리는 시간이 생각의 진공상태를 의미하진 않는다. 그 빈자리를 채우는 건 달리며 마주치는 모든 존재와 감각들이다. 밤공기의 온도, 바람의 세기, 시야에 들어오는 사람들의 행색과 자연의 풍경. 분명 존재해왔지만 일상의 시야 밖에 자리하던 것들이 하나하나 눈에 들어오기 시작한다.

그때면 나를 둘러싼 세계가 살아 있음을 느낀다. 특히 자연이 빚는 삶의 생기에 감각은 한껏 예민해진다. 해가 어제보다 얼마나 짧아졌는지, 집 앞 숲길의 잎들이 얼마나 무성해졌는지, 나무에 열매는 맺혔는지, 바람이 새롭게 다가오는 계절을 얼마나 머금고 있는지. 일상에서는 기껏해야 출퇴근 시간에나 마주치고, 그마저도 쫓기듯 스쳐 보내는 풍경들이 달리는 순간만큼은 있는 그대로 나를 관통한다. 그렇게 의도적으로 비운 생각의 틈에서 나의 삶을 조용히 감싸고 있던 것들은 엑스트라에서 주연으로 올라선다.

오늘은 텅 빈 머리로 여름과 가을 사이를 가로질러 달렸다. 여전히 한낮은 지긋지긋한 여름이지만 해가 지고 어둠이 찾아오자 하나둘 떠나기 시작한 여름의 공백을 가을바람이 채우기 시작했다. 이렇게 자연의 꿈틀거림과 마주하는 순간은 언제나 매번 생경하다. 아마 그건 미동 없는 내 일상과 대조되기 때문일 것이다. 딱딱하게 굳어가던 마음이 달리며 조우하는 자연의 숨소리 덕분에 말랑해진다. 덩달아 내 안 어딘가에 숨어 있던 생기 역시 다시금 호흡하며 살아나는 기분이다.

우리 모두에게는 나름의 탈출구가 존재한다. 버거운 삶의 무게를 잠시나마 덜어주고 마음의 평온을 제공하는 나만의 의식들. 내게는 뜨거운 물로 샤워하며 하루의 근심을 씻어 내리는 순간과 책 한 권을 손에 쥔 채 머리맡 스탠드를 탈칵 켤 때, 마지막으로 집 앞 송정제방길을 달리는 순간이 그렇다.

달리기는 고민이 있으면 있는 대로, 없으면 또 없는 대로 제 역할을 다한다. 쉽지 않은 삶이지만 그래도 달리기처럼 기댈 수 있는 무언가가 있어 다행이다. 그 덕분에 나는 오늘 하루도 버텨냈다. 달리는 일에 이렇게 계속 빚을 지며 산다.

그날

러너라면 이따금 '그날'을 경험한다. 그야말로 컨디션이 하늘을 찌르는 날. 평소에는 그렇게나 고통스럽던 페이스를 올리는 일이 '그날'만큼은 흥분과 환희로 다가온다. 그만 달리고 싶다는 불평 대신 끝까지 해보자는 의욕이 더 큰 발언권을 얻는다. 더 달려볼까 하는 마음에 망설임이 없고 그렇게 내딛는 한 발한 발은 고통보단 즐거움으로 가득하다. 누군가 지그시 밀어주는 듯한 느낌이 들 정도로 가벼운 발걸음이 이어진다. 문제라면 '그날'이 언제 어떻게 찾아올지 아무도 모른다는 것. 필요할 때 짠 하고 나타나주면 좋으련만, 대부분은 뜬금없는 타이밍에 깜짝 등장이다. 몰래 숨어 있다가 레이스를 시작하면 갑작스레 정체를 드러내기 일쑤다. 작년 가을, 서울하프마라톤 대회에 나서던 아침까지도 내게 '그날'이 찾아왔음을 눈치채지 못했다.

오히려 시작은 엉망인 날이었다. 며칠째 이어지는 야근에 모든 기운을 빼앗긴 채 주말을 맞았다. 설레야 할 대회 전날이 부담과 스트레스로만 다가왔다. 아무리 마음을 비운다 해도 대회는 대회였다. 이미 예견된 실패에 야속함이 밀려왔다. 질 게 뻔한 전쟁터에 끌려가는 마음이었다.

여름 내내 최선을 다했다. 성실하게 땀 흘렸고

성과도 나쁘지 않았다. 평소처럼만 하면 최고 기록 경신도 그리 어려워 보이지 않았다. 하지만 막판에 모든 게 틀어졌다. 세심히 관리해야 할 대회 직전 컨디션이 와르르 무너지고 말았다. 억울함 때문인지 대회 전날에는 밤잠까지 설쳤다. 결국 3시간도 못 자고 이불을 걷어차야 했다.

불행이 코앞에 닥치면 오히려 초연해진다. 대회장으로 가는 지하철에서의 짧은 시간 동안 필연적으로 마주할 실망의 순간을 상상했다. 동시에 덜 상처받기 위한 변명들을 짜내기 시작했다. '어차피 2주 뒤에 하프 또 뛰잖아, 오늘은 그냥 LSD 하러 온 셈 치자. 욕심 부리지 말고 천천히 뛰다 오자.' 치졸한 정신 승리라도 어쩔 수 없었다. 일상에서 누적된 스트레스는 이미 임계치를 넘어섰고 더 이상 그 위에 뭔가를 얹고 싶지 않았다.

그렇게 힘없이 출발선에 섰다. 수많은 사람들이 가을 첫 대회라는 설렘 속에 레이스를 준비 중이었다. 여름에 흘린 땀을 증명하는 첫 대회이니만큼 비장함마저 서려 있었다. 무리 속에 나는 멀뚱히 서서 출발신호만을 기다렸다. 마음을 내려놓으니 목표가 없어졌고 목표가 없어지니 긴장도 사라졌다. 다들 결승선을 멋지게 통과하는 모습을 상상할 때 나는 빨리 집에 가서 눕고 싶단 생각뿐이었다.

딴생각에 빠진 채 이리저리 밀리다 보니 어쩌다 선두 그룹에 서게 됐다. 보통 선두 그룹에는 가장 빠른 러너들이 위치한다. 따라서 레이스 시작 직후 빚어지는 병목현상을 선두 그룹에서는 거의 찾아볼 수 없다. 행운이었다. 하지만 이 행운을 제외하고는 모든 게 불행이었다. 21km의 머나먼 여정을 시작하는 내 마음은 무감하기만 했다. 그런 내 마음을 아는지 모르는지 출발을 알리는 축포가 터졌다.

혹시나는 역시나였다. 시작부터 시원하게 말아먹었다. 선두 그룹에 포진한 초고수들에게 말려 나도 덩달아 오버 페이스를 해버렸다. 1km당 6분 페이스로 꾸준히 뛰겠다는 계획이 시작한 지 몇 분 만에 무너졌다. 3km를 지나자 스마트워치에서 다급한 알람이 울렸다. 평균 페이스가 4분 50초를 가리키고 있었다. 5분 초반 페이스도 힘들어하면서 4분대라니. 이러다가는 10km도 못 가 퍼질 게 불 보듯 뻔했다.

평소였다면 차분히 마음을 다잡고 원래의 페이스로 돌아왔을 것이다. 하지만 이미 나의 멘탈은 불면증에 이불을 걷어찼던 아침부터 무너져 있었다. 어차피 LSD는 물 건너갔고 기록도 상관하지 않기로 했으니 그냥 있는 힘껏 뛰다 걷기로 했다. 빨리 뛰면 스트레스라도 풀리니까. 페이스 유지를 위해 강박처럼 체크하던 스마트워치도 더 이상 쳐다볼 이유가 없었다. 그냥 될 대로 되란 마음으로 레이스를 이어갔다.

그렇게 21km를 내달려 받아 든 기록, 1시간 48분 23초. 개인 최고 기록이었다. 무려 3년 전에 세우고 단 한 번도 깨지 못했던 하프 기록을 5분이나 앞당겼다. 1시간 40분대는 감히 상상조차 못하던 기록이었다. 그 놀라운 기록을 완주조차 의심되던 날 해낸 것이다.

'그날'이었다. 막판까지 5분 초반 페이스를 이어간 건 '그날'이 아니고서야 불가능한 일이었다. 반환점을 지날 때 평균 페이스는 5분 5초를 가리키고 있었다. 하지만 그 순간까지도 내가 움켜쥐고 있던 건 의아함이었다. 혹시 시계가 고장 난 건 아닐까 하는 의심마저 들었다. 아무리 '그날'이라 한들 그 컨디션에 이런 기록은 납득하기 어려웠다.

결국 결승선을 얼마 안 남긴 시점에야 알게 됐다. 아니, 알게 됐다기보다 18km 지점에서 5분 8초의 평균 페이스를 확인하고는 인정할 수밖에 없었다. 그전까지의 10km 최고 기록이 약 51분(평균 페이스로는 5분 5초)인 걸 감안하면 말도 안 되는 상황이었다. 최악의 컨디션 속에서 최고의 레이스를 펼치는 아이러니라니.

그래서였을까? 달리기를 시작한 이래 역대급 레이스를 펼치고 있음에도 흥분과 환희는 없었다. 오히려 기록을 위해 도전했다가 처참히 실패했던 시간들이 스쳤다. 그렇게 공들여 준비할 때도 손에 쥐지 못한 순간을 왜 지금 이런 상황에서 누리고 있는지 의아했다. 결승점을 넘는 순간마저 해냈다는 기쁨보단 '아니 대체 왜?' 하는 물음표만이 남았다.

나 스스로도 납득이 안 되는 이 기묘한 하루를 이해하기 위해 영화 〈머니볼〉의 한 장면을 잠시 빌려본다. 메이저리그에서 가장 가난한 팀인 오클랜드의 단장 빌리 빈은 새로운 스카우팅 시스템을 도입해 리그 21연승의 기적을 만들지만 챔피언십 우승은 끝내 실패한다. 그가 스스로 실패했다고 자조할 때 빌리 빈의 조력자인 피터가 영상 하나를 보여준다. 어느 타자의 영상이었다. 이 타자는 힘은 있지만 발이 지독히 느리다. 2루타성 타구를 쳐도 1루까지밖에 가지 못한다. 그에겐 1루가 한계였던 셈이다.

그런데 어느 날 이 선수가 안 하던 짓을 한다. 큰

타구를 때려내고는 죽을힘을 다해 뛰더니 1루를 돌아 과감히 2루로 향한다. 하지만 몇 발자국 못 가 제 발에 걸려 그라운드에 나뒹군다. 화들짝 놀라 다시 엉금엉금 1루로 기어오는 꼴에 관중들이 폭소한다. 그런데 사람들 반응이 이상하다. 그에게 열렬한 응원을 보내기 시작한다. 타자는 그제야 깨닫는다. 자신이 친 타구가 관중석을 넘어 장외홈런이 되었음을. 그렇게 타자는 모두의 환호를 받으며 1루와 2루, 3루를 유유히 돌아 홈으로 들어온다.

피터는 패배감에 젖은 빌리 빈을 위해 이 영상을 보여준다. 과거의 좌절이 잔상처럼 남아 정작 눈앞의 성공을 못 보는 빌리에게 충분히 잘해왔다고, 지금 손에 쥐고 있는 그것이 바로 성공이라고 알려준다. 그날 나는 잠시나마 영상 속 타자가 되었다. 이미 홈런성 타구를 치고도 스스로 정한 한계를 넘어서는 데 주저했다. 결승선에 들어와 동료들이 축하를 건넬 때에야 비로소 깨달았다. '오늘 내가 장외홈런을 때렸구나.'

최고의 순간은 뜻밖의 타이밍에 찾아온다. 그래서 때로는 그 순간을 즐기지 못하고 의심부터 하고 본다. 과거의 실패는 이미 내 앞에 찾아온 성공을 의심하게 하고 그 의심은 스스로를 멈춰 세운다. 어쩌면 최고의 순간이었을 수많은 날들을 내 발로 걷어차진 않았는지 돌이켜본다. 보나 마나 금방 퍼질 거란 생각에 한창 달아오른 페이스를 멈춰 세웠다면 그날도 그렇게 흘려보냈을 날 중 하나였다.

행운이었다. 의도치 않은 행운들이 쌓여 만들어 낸 홈런이었다. 컨디션은 엉망이었지만 지독했던 여름 훈련의 흔적은 다행히 몸 구석구석에 남아 있었다. 계속되는 야근에 식욕을 잃어 며칠 사이 살이 조금 빠졌고 그 덕분에 가벼운 몸으로 대회에 나설 수 있었다. 아무 생각 없이 이리저리 치이다 도달한 선두 그룹의 고수들은 어쩌다 내 페이스 메이커가 되어 주었다. 될 대로 되라는 자포자기의 마음 덕에 한껏 올라온 페이스를 멈추지 않고 유지했다. 여기에 마지막으로 얹는 고명처럼 '그날'이 홀연히 내게로 찾아와줬다.

불운의 형태를 띤 행운들이 모여 역사를 만들었다. 최고 기록을 세워 기쁘지만 영웅담으로 늘어놓기엔 다소 부끄러운 역사다. 그래도 그 경험 덕에 한 가지는 다짐하게 됐다. 엉망인 컨디션 속에서 최고점을 찍었으니 다음에는 꼭 준비된 몸과 마음으로 '그날'을 맞이하겠다는 다짐. 적어도 오늘보단 떳떳한 모습으로 영광의 순간을 만끽하겠다는 결연함이 남는다.
진정한 축배는 그때 있는 힘껏 들어 올리는 걸로. 멋
지게 결승선을 지날 그 순간을 떠올리며 오늘도 달리
기의 마일리지를 쌓아나간다.

3
부

결
승
선

처음이란 이름의 기쁨

모두에게는 버킷리스트가 존재한다. 목표보단 크고 꿈보다는 가까운 바람을 마음속 어딘가에 한 자 한 자 새겨 넣는다. 그렇게 완성된 버킷리스트는 삶의 방향을 담고 있다. 한 줄씩 살펴보면 지금 향유하는 삶의 종착역인 경우가 대부분이다. 영화를 좋아하는 사람이라면 선댄스 영화제, 락 페스티벌 마니아라면 코첼라와 글래스톤베리의 이름을 어렵지 않게 찾아볼 수 있다. 버킷리스트를 볼 때면 막연한 확신이 생긴다. 지금 당장 이룰 수는 없겠지만 오늘의 삶을 앞으로도 이어가다 보면 왠지 한 번쯤 맞닥뜨릴 것 같은 희미한 확신이다.

달리기를 시작한 지 1년이 지날 무렵, 내게도 그 확신이 조금씩 생겨났다. 자연스레 버킷리스트에도 새로운 한 줄이 새겨졌다. 42.195km 풀코스 마라톤 완주하기. 물론 당시 하프도 안 뛰어본 러너에게는 조금 먼 미래의 이야기였다. 함부로 입에 담기조차 부담스러운, 볼드모트 같은 존재랄까. 당시 내 최장거리 기록은 고작 12km였다. 그보다 30km를 더 뛰어야 한다니, 가늠조차 어려운 현실 바깥의 일이었다. 하지만 삶에는 종종 묘한 바람이 불어와 우리를 예상 못한 곳으로 인도한다. 행운의 얼굴을 한 장난기 많은 바람은 자꾸만 어디론가 나를 등 떠밀었다. 처음 달리기를 시작한 그때처럼, 첫 마라톤의 결심 역시 갑작스레 찾아왔다.

달리기를 시작하고 1년 동안 참 성실히 달렸다. 결과는 정직했다. 러닝 크루 초보자 그룹의 지박령이었던 나는 슬금슬금 중급자 단계에 발을 들였다. 엘리트 그룹까지 넘보는 수준으로 올라서자 자신감에도 가속이 붙었다. 결정적인 순간은 시즌 마지막 대회의 기록이었다. 큰 동기부여 없이 달렸음에도 10km 50분 30초라는 개인 최고 기록을 달성했다. 열심히 준비한 대회도, 전력을 다한 레이스도 아니었다. 당시 내 기준에 '잘 뛰는 사람'은 10km를 50분 안에 들어올 수 있는지에 달려 있었다. 그런데 내가 고작 30초 차이로 그 문 앞에 서 있었다. 이내 행복회로에서 짙은 연기가 피어올랐다.

곧장 내년 계획을 떠올렸다. 자연의 순리대로라면 다음 목표는 하프 마라톤임이 자명했다. 하지만 과부하된 행복회로 속에서 하프 마라톤은 거뜬히 달성 가능한, 한마디로 시시한 목표였다. 생각의 방향은 점차 대담한 쪽으로 흘렀다. 그 끝에는 모두가 예상하는 거대한 산이 자리하고 있었다. 이성의 세포들이 버

선발로 달려 나와 그러면 아니 된다고 소리쳤지만 기어코 시선은 그곳으로 향했다. 조심히 버킷리스트를 꺼내 들었다. 맨 위의 선명한 글자가 눈에 들어왔다. '42.195km 마라톤 완주하기'. 곧바로 투 두 리스트에 한 자 한 자 옮겨 적기 시작했다. 목표와 꿈 사이에 존재하던 막연한 미래에 선명한 윤곽이 그려졌다.

중대한 결심은 전에 없던 고민들을 낳았다. 'what'이 결정되자 그다음은 'how'의 차례였다. 누구나 '처음'에 많은 의미를 둔다. 특히 시작의 순간을 스스로 결정할 수 있다면 열심히 공들여 의미 있게 출발하고 싶어 한다. 나 또한 생애 첫 마라톤이 특별하길 바랐다. 검색창에 '마라톤 일정'을 치자 전국의 수많은 대회들이 나열됐지만 그 어떤 것도 만족스럽지 않았다. '그래도 처음인데…'가 자꾸만 머릿속에서 맴돌았다.

자연스레 파리를 떠올렸다. 그 당시 나에게 파리는 매년 한 번씩 찾는 정신의 휴양지였다. 특별해야만 하는 첫 마라톤에 그만한 선택지는 없었다. 에펠탑을 향해, 개선문을 끼고, 센강을 가로지르며 달리는 상상에 빠졌다. 그래, 가장 사랑하는 도시에서 한 번뿐인 최초의 순간을 만끽하자. 곧장 마라톤 일정을 알아보려 구글링을 하는데 이럴 수가. 7개월 뒤 대회의 참가 접수가 막 시작된 상황이었다. 이래도 되나 싶을 정도로 모든 일의 아귀가 척척 들어맞았다.

물론 이성의 세포들은 다시금 내 발목을 붙잡았다. 마라톤 출전은 막지 못했으나 해외 대회만큼은 절대 허락할 수 없다는 의지였다. '첫 풀코스를 겁도 없이 해외에서 뛰겠다고? 그러다가 다치기라도 하면 어쩔 건데?' 맞는 말이었다. 아직 하프도 안 뛰어본 러너가 마라톤은 무슨 마라톤. 그것도 해외에서, 그것도 혼자 뛴다고? 백번 생각해도 무리수였다. 하지만 왜 이성의 끈은 그리도 무력하고, 왜 슬픈 예감은 틀린 적이 없는지. 얼마 지나지 않아 날아온 문자 한 통에 이성은 또 한 번 무기력한 퇴장을 맞았다. '[해외결제] 2017 Marathon de Paris. 145 euro.'

여행은 그 자체보다 계획하고 준비할 때 더 행복한 법이다. 특히 처음 가는 도시로의 여행이라면 수집한 정보들을 상상 속에 펼쳐두고 그 안에 나를 살포시 끼워넣는다. 그때마다 느끼는 설렘으로 출발 전까지 남은 일상들을 버텨낸다. 내 생애 첫 마라톤 준비도 그와 다르지 않았다. 에펠탑을 향해 달리는 내 모습을 떠올리며 달력의 날짜를 지워나갔다. 단내 나는 훈련 속에서도 정신만큼은 피로하지 않았다. 오히려 그 힘듦이 파리로 가는 여정으로 한 발 더 가까이 데려다준다고 믿었다. 그렇게 처음이란 이름의 기쁨은 당연히 고통스러워야 할 시간마저 희석시켰다.

하지만 지나친 긍정은 독이 되는 법. 나르시시즘에 가까운 긍정은 곧 대책 없는 낙관으로 전이됐다. 파리 마라톤 대회 신청 버튼을 누른 순간부터 내 머리에는 7개월 후 멋들어지게 달릴 모습만이 남았다. 좋은 기록을 내야겠단 간절함이나 42.195km란 거리가 주는 두려움의 자리는 없었다. 오로지 과열로 불타기 직전인 행복회로와 어떻게든 완주는 할 거란 근본 없는 자신감이 온 마음을 지배했다. 러닝 크루의 마라톤 유경험자들은 이런 나를 심히 걱정했다. 제발 35km까지는 뛰어보고 가라고 신신당부했지만 그마저도 한 귀로 듣고 한 귀로 흘려버렸다. 그나마 출국 일주일 전 마지못해 달린 29km가 최장거리 훈련이었다. 혹시나 하는 불안이 엄습할 때마다 습관처럼 주문을 외며 마음을 다졌다. '나 지금까지 다친 적도 없는데? 그리고 어떻게든 되겠지. 늘 그래왔던 것처럼.'

그렇게 파리행 비행기에 올라탔다. 그 순간에도

머리를 가득 채운 건 처음이란 이름의 기쁨, 혹은 대
책 없는 낙관이었다. 지금도 그때 인스타그램 피드를
보면 내가 얼마나 설렘에 들떴는지 여실히 드러난다.
처음이란 이름에 걸맞은 완벽한 시나리오였다. 하나
부터 열까지 모든 게 완벽했다. 정말로 그렇다고 믿
었다.

처음이란 이름의 불안

어렵사리 눈꺼풀을 들어 올렸다. 캄캄함에 놀라 휴대폰을 더듬어 보니 5시를 조금 넘긴 새벽이었다. 분명 잠시만 누워 있으려 했는데, 침대는 오랜 비행으로 비몽사몽인 나를 끌어안고서 10시간 동안이나 놓아주지 않았다. 그렇게 파리의 첫날이 홀연히 증발했다. 시차가 만들어낸 몽롱함이 밤안개처럼 자욱했다. 하지만 마음만은 또렷이 빛났다. 익숙하지만 고단한 일상에서 벗어나 낯설지만 편안한 도시의 품에 안겨 있음을 그제야 체감했다. 고요한 새벽 공기를 뚫고 파리의 일상이 조금씩 고개 들기 시작했다. 창밖으로 펼쳐지는 풍경에 뜻밖의 뭉클함이 피어올랐다. 머리맡에 놓인 노트를 펼쳐 끄적였지만 순간의 감정을 담기에는 턱없이 부족했다. 방향을 잃고 춤추던 글은 결국 이 문장과 함께 매듭지어졌다.
"시간이 이대로 멈췄으면 좋겠다."

시간은 정말 그때 멈췄어야 했다. 침대에 기절해 있는 동안 처음이란 이름의 꽃길 위에는 또렷한 마침표가 찍혔다. 그 뒤로는 전혀 다른 느낌의 광활한 길이 펼쳐졌다. '현실'이라 적힌 팻말 아래로 냉정하고 엄격한 가시들이 솟아 있었다. 마라톤이라는 큰 산 앞에서도 당당하던 패기는 나도 모르는 사이 힘을 잃어갔다. 희미해지는 자신감 대신 공포가 모습을 드러냈다. 선명한 불안과 처음 마주한 건 그로부터 몇 시간 뒤 마라톤 엑스포 현장에서였다.

해외에서 열리는 마라톤 대회는 경기를 앞두고 크고 작은 이벤트를 연다. 그중 백미는 '마라톤 엑스포'라 불리는 사전 행사다. 마라톤 엑스포를 통해 대회의 규모를 처음 체감하게 되는데, 가령 베를린 마라톤은 과거 공항으로 쓰이던 부지를 통째로 빌려 진행한다. 파리 마라톤도 만만치 않았다. 우리나라로 치면 코엑스쯤 되는 거대 컨벤션 홀에서 수만 명의 러너들을 맞이했다. 주최 측은 이 행사를 통해 경기 당일에 지켜야 할 유의사항을 안내하고 배번표와 기록 측정용 칩을 지급한다. 얼핏 들으면 동사무소 전입신고 같은 딱딱한 느낌이지만 실제로는 축제에 가깝다. 지난 계절 땀 흘린 러너들을 위한 전야제 행사라 생각하면 쉽다. 파리의 마라토너들 역시 그들을 향한 스포트라이트를 마음껏 즐기고 있었다. 각자의 배번표를 들고 행사장 곳곳에서 사진을 찍고, 푸드 존에서 영양 보충을 핑계 삼아 먹고 마셨다. 온갖 스포츠용품 브랜드가 총출동한 부스에서는 돈 쓰는 소리가 요란히 들려왔다. 그렇게 모두가 설렘과 환희의 시간을 보내고 있었다. 딱 나만 빼고.

마라톤 엑스포에 들어서며 내 표정은 굳어갔다. 본인 확인을 마치고 내 이름이 또렷이 적힌 배번표를 받아 들었을 때, 마라톤은 더 이상 머릿속에 그려온 환상이 아니었다. 현실이었다. 지난 7개월의 시간이 주마등처럼 지나갔다. 허파에 바람만 잔뜩 들어가 훈련은 소홀히 했던 날들, 나를 진심으로 걱정한 수많은 동료들과 그 걱정을 흘려듣던 나의 오만함이 스쳤다. '아무리 그래도 완주는 하겠지' 하던 정체 모를 자신감은 배번표를 받아 드는 순간 증발했다. 그렇게 대회를 이틀 앞두고서야 현타가 찾아왔다. 나는 몸도 마음도 전혀 준비되어 있지 않았다.

대회 전날 밤, 불안은 절정으로 치달았다. 9시부터 잠자리에 들었지만 고기 못 굽는 사람의 집게질처럼 몇 번이고 몸을 뒤집고 다시 제자리로 돌아오길 반복했다. 전생에 가장 부유한 유목민이었는지 양은 아무리 세어도 끝날 기미가 보이지 않았다. 하릴없이 휴대폰을 열면 러닝 크루 동료들과 인스타 친구들의 응원으로 가득했다. 힘이 나기는커녕 메시지 하나하나가 미안함으로 치환됐다. 이미 그때 직감하고 있었던 것 같다. 다음 날 내게 벌어질 일들에 대해서.

결국 뜬눈으로 밤을 지샜다. 어떻게든 잠들려

안간힘 썼지만 어느 순간에 이르자 담담히 밤샘의 운명을 받아들였다. 도시는 점점 낮은 채도의 파란색으로 물들기 시작했다. 왜 우울함이 영어로 블루인지, 조금은 이해되는 순간이었다.

사색의 여유는 그리 길지 못했다. 대회가 워낙 아침 일찍 시작하기 때문에 서둘러야 했다. 호텔을 나서 집결지까지 걸어가는 동안 끊임없이 스스로에게 주문을 걸었다. 6분 00초 페이스로 30km까지만 가보자. 그 후로는 걸어도 되니 다치지만 말자. 동시에 멋지게 골인하는 내 모습을 애써 머릿속에 그렸다. 끓어오르는 공포와 불안을 그렇게 억지로 눌러 담았다.

경기 당일은 파리 전역의 교통이 통제된다. 텅 빈 거리에는 을씨년스러운 기운마저 감돌았다. 러닝 복장을 한 몇몇 사람들만이 한쪽 방향으로 걸어가고 있었다. 나 역시 상기된 얼굴로 그들을 따라나섰다. 집결지인 개선문에 가까워질수록 같은 방향으로 가는 무리는 점점 불어났다. 침묵은 소곤거림으로, 소곤거림은 웅성거림으로, 웅성거림은 시끌벅적함으로 바뀌었다. 소음의 크기로 대회 현장에 점점 가까워짐을 알 수 있었다. 드디어 개선문 앞에서 멈춰 섰다. 마인드컨트롤을 멈추고 고개를 들었을 때 6만여 명의 거대한 인파가 눈에 들어왔다. 넘실거리는 군중의 물결에 마음 한구석에서 펑 소리가 울렸다. 멘탈이 터지는 소리였다.

대회장의 초현실적인 분위기에 완전히 압도되고 말았다. 인파도 어마어마했지만 한 명 한 명이 뿜어내는 에너지에 짓눌렸다고 할까. 공기 속에는 대회만을 기다려온 러너들의 설렘과 흥분, 긴장과 비장함이 섞여 있었다. 짧은 거리를 달리며 몸을 푸는 선수들, 온갖 수다를 쏟아내는 사람들, 여기저기서 터져 나오는 응원의 함성과 스피커로 울려 퍼지는 음악 소리까지 한데 뒤섞인 아수라장에서 결국 패닉 상태에 이르렀다. 지금도 대회 날 아침이면 정신없고 어수선한데 당시는 그런 경험이 처음이었으니 그야말로 멘붕이었다. 거리별 페이스를 되새기며 차분히 준비하려던 계획은 일순간에 어그러졌다. 한참을 멀뚱히 서서 내가 상상하던 모습과 너무도 다른 현실을 지켜만 봤다. 마치 나와는 전혀 상관없는 일인 것처럼.

대회는 그런 나를 아랑곳 않고 착실히 진행됐다. 6만 명의 러너들은 짐을 맡긴 후 출발선으로 모여들었다. 그 많은 사람들이 모두 앞을 응시한 채 시작의 총성만을 기다렸다. 마라톤 대회는 그룹을 나눠 출발한다. 프로 선수로 구성된 엘리트 그룹이 가장 먼저 스타트를 끊고 최근 마라톤 기록을 토대로 배정된 각 그룹들이 차례차례 출발한다. 풀코스 기록 자체가 없었던 나는 마지막 그룹에 속해 있었다. 엘리트 그룹이 출발하고 30분이 지나서야 내 차례가 돌아왔다. 터질 듯 뛰는 가슴을 부여잡는 사이에 드디어 카운트다운 소리가 들려왔다. 5, 4, 3, 2, 1.

생애 첫 마라톤이 시작됐다.

처음이란 이름의 슬픔

파리 마라톤은 시작부터 남달랐다. 개선문을 등 뒤에 두고 상젤리제 거리를 거쳐 콩코르드 광장까지 뻗은 2.5km 직선 코스가 막 발을 뗀 러너들을 맞아줬다. 따스한 햇살 아래 수만 명의 러너들은 한 방향을 응시하며 달렸다. 그 광경은 형용하기 어려울 정도로 아름다웠다. 멋진 풍경의 한 조각이 됐다는 생각에 잠시나마 완주의 공포마저 잊어버렸다. 늘 자동차와 관광객으로 가득한 상젤리제 거리가 이날만큼은 마라토너의 주로로 탈바꿈한다. 상젤리제 거리를 두 발로 횡단하는 건 파리 마라톤이 아니라면 불가능한 경험이다. 순간의 가슴 벅참이 나 혼자만의 유별은 아닌 듯했다. 앞뒤 양옆에서 달리던 수많은 이들의 탄성과 숨소리를 지금도 생생히 기억한다.

황홀함 덕분인지 레이스 초반은 순조로웠다. 특히 도시 곳곳에서 쏟아지는 응원에 절로 힘이 났다. 유럽 대도시들은 1년에 딱 한 번 대회를 개최하기 때문에 마라톤 당일이면 도시 전체가 축제 분위기로 변한다. 사람들은 거리로 쏟아져 나와 러너들을 격려하고 각자 집에서 준비해 온 음료와 음식들을 펼쳐둔다. 열렬한 응원에 힘입어 15km까지 평균 5분 50초 페이스를 유지했다. 계획했던 페이스보다 10초 정도

빨랐지만 힘들다는 느낌은 없었다. '역시 난 실전파였어.' 잠시 모습을 감췄던 자만이 그새를 못 참고 수면 위로 떠올랐다.

　하지만 모든 고비는 확신 뒤에 찾아온다. 15km가 지나자 눈에 띄게 힘이 빠지기 시작했다. 특히 17km 지점 오르막길을 거치고부터 급격하게 발이 무거워졌다. 하프 마라톤에 육박하는 거리를 달린 셈이니 힘든 게 당연하다고 스스로를 다독였다. 그래도 초반 페이스를 바짝 끌어 올렸던 덕분에 숨 돌릴 여유는 충분했다. 다음 급수대에서 에너지젤과 함께 휴식을 가지면 25km까진 문제없어 보였다. 그렇게 주섬주섬 허리춤을 뒤지는데…. '어? 에너지젤 안 갖고 왔네?'

　만약 마라톤 경험이 있다면 이 대목에서 식은땀이 났을지도 모르겠다. 육성으로 "안 돼!"를 외쳤어도 충분히 그럴 만하다. 그만큼 말도 안 되는 상황이 벌어진 것이다. 모든 기운을 소진하는 이 고난의 행군에서 에너지젤은 잠시나마 힘을 돌게 하는 최후의 보루다. 사람마다 다르지만 나의 경우 마라톤 중간중간 여섯 개를 먹을 만큼 의존도가 큰 편이다. 게다가 첫 마라톤이었고 몸이 전혀 준비되지 않은 점을 감안하면 에너지젤은 내가 유일하게 기댈 언덕이었다.

그 중요한 걸 숙소에 두고 오다니. 18km 지점에서 마주한 대참사였다. 하지만 당시 나는 사태의 심각성을 알지 못했다. 에너지젤의 효과를 제대로 체감 못하던 초보 시절이었다. 그저 덜렁거리는 습관에서 비롯된 가벼운 실수 정도로 여겼다. 그것 때문에 완주의 가능성이 덜렁거리며 추락 위기에 놓인 것도 모른 채.

곧이어 본격적인 재앙이 시작됐다. 우선 찾아온 것은 뜻밖에도 배고픔이었다. 어느 순간부터 견디기 힘든 허기에 시달렸다. 다행히 20km 지점부터는 급수대에서 음식이 제공된다. 가령 바나나, 초콜릿, 머핀 같은 것들. 나는 밀려오는 허기에 그만 이성을 잃고 말았다. 빨리 먹기 대회로 종목을 바꾼 사람처럼 허겁지겁 음식들을 먹어치웠다. 이미 페이스고 뭐고 안중에 없었다. 그런데 아무리 먹어도 배고픔은 해결되지 않았다. 자세히 들여다보니 그건 식욕이 아니라 기운의 문제였다. 흔히 '당 떨어졌다'라고 표현하는 기운의 상실이었다.

28km부터는 새로운 난관에 부딪쳤다. 본격적으로 고통이 기지개를 켜기 시작했다. 처음 달려보는 거리에 들어서자 처음 느끼는 고통들이 온몸을 감쌌다. 발목, 무릎, 허리, 등, 목까지. 저릿함과 찌릿함

사이의 통증이 나를 괴롭혔다. 발바닥은 이미 엉망이었다. 굳이 양말을 벗지 않아도 알 수 있을 정도로 군데군데 잡힌 물집의 아픔이 고스란히 전해졌다.

절정은 30km 지점부터 찾아온 탈진 증세였다. 온몸의 힘이 빠져나가 물 한 모금 마시기도 버거웠다. 하지만 최후의 한 방은 따로 있었다. 과하게 먹은 음식물 때문에 결국 탈이 나고 말았다. 제대로 소화하지 않은 채 무리하게 달리다 보니 속이 부대껴서 끝내 도중에 먹은 걸 전부 게워내야 했다. 간신히 버티던 동아줄이 끊어지는 순간이었다. 그나마 있던 모든 에너지가 입 밖으로 빠져나갔다. 하지만 남은 거리는 아직도 12km. 그때부터는 말 그대로 지옥의 시작이었다. 모든 힘을 짜내 500m를 뛰고, 1km를 걷고, 다시 500m를 뛰다가 욕지기가 나서 게워내고, 그렇게 또 탈진 상태로 1km씩 걷길 반복했다.

차라리 걷느니만 못한 상태로 38km 지점에 이르렀다. 풀코스 주자들에게 가장 고통스럽다는 마의 38km. 나는 '고통'이란 말로 다 담을 수 없는, 고통에 단계가 있다면 최최상급 정도의 고통(쿄통 정도로 표기하면 될까)에 허덕였다. 마의 구간답게 주변에도 걷는 사람이 눈에 띄게 많아졌다. 하지만 걷는 것조

차 힘겨웠던 나는 길모퉁이에 그대로 주저앉았다. 힘
들다는 생각조차 떠올릴 수 없을 만큼 한 오라기의 힘
도 남아 있지 않았다. 그때 내 옆으로 건장한 남자 한
명이 다리를 절며 다가와 앉았다.

"어디서 왔어? 중국?"

"아니, 한국."

"멀리서 왔네. 난 오하이오에서 왔어."

"너도 멀리서 왔네. 좀 괜찮아?"

"35km부터 햄스트링이 올라왔어. 먼저 가."

지쳐 나가떨어진 우리에게 긴 대화를 나눌 여
유는 없었다. 얼마 지나지 않아 러너들을 뚫고 앰뷸
런스가 도착했다. 그는 의료진의 부축을 받으며 차
에 올랐다. 속으로 나도 그냥 올라탈까 고민했지만
"Good luck"이란 그의 마지막 인사가 나를 막아세
웠다. 오하이오에서 왔다는 금발머리 남자는 수개월
간 준비한 여정을 그렇게 마무리했다. 앰뷸런스에 걸
터앉은 그는 꽤나 담담해 보였다. 오히려 지친 기색
이 역력한 다른 러너들에게 박수 치고 소리 지르며 응
원을 보냈다.

나는 앰뷸런스가 점점 작은 점이 되어 사라질
때까지 한참을 바라봤다. 그러고는 마지막 힘을 짜내
어 일어섰다. 그와의 짧은 대화가, 35km 넘게 뛰고도

포기해야 하는 그의 상황이, 그럼에도 시름에 빠지지 않고 다른 러너들을 응원하는 모습이 내 마음을 미세하게 움직였다. 그렇게 허리를 곧추세우고, 더는 나아갈 자신이 없었던 걸음을 재개했다.

물론 그때부터 내 몸은 더 이상 내 몸이 아니었다. 모든 이성이 마비된 채 기계적으로 발만 터덜터덜 굴렀다. 걷다가 뛰다가 주저앉다가 다시 일어서길 수없이 반복했다. 레이스 종반에 들어서자 코스는 다시 파리 시내 한가운데로 이어졌다. 출발할 때 쏟아지던 함성과 응원의 목소리가 다시금 들려왔다. 막바지에 다다른 러너들에게 시크한 파리지앵들은 평소 아껴둔 따뜻함을 쏟아냈다.

38km가 넘어가면 모두가 한계점에 도달한다. 내 몸 하나 가누기 어려워 어느 것에도 신경 쓸 여력이 없다. 그때 감정의 속살이 그대로 노출된다. 수많은 마라토너들이 사소한 감정의 동요에도 눈물을 왈칵 쏟아내는 이유다. 일면식 없는 누군가의 응원에, 함께 훈련했던 동료들 생각에, 아니면 그냥 너무 힘들어서. 얼굴은 땀으로 위장한 눈물로 범벅이 된다. 나 역시 끝으로 치닫는 상황 속에서 눈물이 터져 나왔다. 그때 내 눈물의 주요성분은 설움이었다. 아는 사람 하나 없는 타지에서 지금 대체 뭘 하고 있는 건지,

왜 이런 고통의 시간들을 자초했는지. 스스로를 향한 미움과 한탄과 연민이 뒤섞여 터져 나왔다. 그래도 끝은 내야 했다. 들썩거리는 어깨와 함께 마지막을 향해 발을 내디뎠다.

드디어 결승선이 보이기 시작했다. 창대한 시작에 비해 그 과정은 너무도 초라하고 미약했다. 하지만 마지막만큼은 멋지게 끝내고 싶었다. 울어서 부은 눈을 선글라스로 가리고 마지막 급수대에서 숨을 고르며 결승선을 향해 곧게 뻗은 길로 힘겨운 걸음을 옮겼다. 저 멀리서 마이크를 타고 안내 방송과 음악 소리가 울려 퍼졌다. 결승선이 가까워지고 있었다.

무언가를 너무 간절히 바라면 정작 그게 눈앞에 나타났을 때 현실로 다가오지 않는다. 다섯 시간 내내 완주만을 위해 달렸으면서 막상 결승선에 다다르니 실감이 나지 않았다. 그리고 몇 발자국 안 남은 순간 앞에 서자 온갖 감정이 교차했다. 발을 내디딜 때마다 음악 소리는 조금씩 커져갔다. 그렇게 다섯, 넷, 셋, 둘, 마지막 한 발, 삐-익. 결승선을 지나는 순간, 기록칩에 반응한 센서음과 함께 나의 첫 마라톤이 막을 내렸다.

녹초가 되어 주저앉은 내게 스태프가 다가와 완

주 메달을 걸어주었다. 이제 정말 끝이다. 해냈다고 하기에는 민망하지만 어쨌거나 완주는 했다. 목에 걸린 메달을 보자 또 한 번 눈물이 났다. 이게 대체 뭐라고. 그 와중에 메달은 눈치 없이 아름답게 빛났다. 한동안 앉아 있다가 돌아가려 몸을 일으켰다. 곧바로 정신이 아득해지며 모든 게 블러 처리됐다.

눈을 뜨자 내 위로 흰 천이 펄럭이고 있었다. 한참이 지나서야 내가 의료 부스에 누워 있다는 것을 깨달았다. 잠시 정신을 잃은 것이다. 그 상황이 너무 어이가 없어서 웃음이 났다. 내가 깨어난 걸 확인한 스태프는 세상 심각한 표정으로 내 상태를 설명했다. 그런데 프랑스 사람 특유의 영어 발음은 거의 알아들을 수 없었다. 반복되는 '쇼크'라는 단어와 30분 정도 더 쉬다 가라는 말만 겨우 알아들었다.

멍하니 누워 부스 천장에 시선을 고정했다. 내가 처한 현실을 하나하나 되새기자 참 기가 막혔다. '나는 지금 여기서 뭘 하고 있는 걸까.' 수개월간 그리던 기쁨과 환희의 첫 마라톤을 의료 부스에서 마무리하다니. 스스로 너무 부끄러워서 스태프 말을 무시하고 호텔로 (기어서) 돌아갔다. 씻을 기운도 없어 우선 침대로 몸을 던졌다. 한숨과 함께 눈을 감았다.

어렵사리 눈꺼풀을 들어 올렸다. 캄캄함에 놀라 휴대폰을 더듬어 보니 5시를 조금 넘긴 새벽이었다. 분명 잠시만 누워 있으려 했는데, 침대는 씻지도 않은 꼬질꼬질한 나를 끌어안고서 13시간 동안이나 놓아주지 않았다. 그렇게 첫 마라톤 완주의 날이 홀연히 증발했다. 마라톤이 남긴 근육통이 온몸에 밤안개처럼 자욱했다. 하지만 마음은 더 깊은 상처로 신음했다. 익숙하고 따뜻하던 일상에서 벗어나 낯설고 차가운 도시의 품에 안겨 있음을 그제야 체감했다. 고요한 새벽 공기를 뚫고 파리의 일상이 조금씩 고개 들기 시작했다. 창밖으로 펼쳐지는 풍경에서 나 따위는 안중에도 없는 비정함이 느껴졌다. 머리맡에 놓인 노트를 펼쳐 끄적였지만 순간의 감정을 담기에는 턱없이 부족했다. 방향을 잃고 춤추던 글은 결국 이런 생각과 함께 밑바닥으로 추락했다.

'시간이 제발 빨리 흘렀으면 좋겠다. 그리고 집에 가고 싶다.'

런태기

너무 당연해서 까맣게 잊고 사는 것들이 있다. 예를 들어 사람의 감정이란 본디 한곳에 머무르기보다 시시각각 변한다는 사실. "사랑이 어떻게 변하니?" 한때는 연신 고개를 끄덕이며 공감했지만 지금 내게 이만큼 공허한 문장도 없다. 무언가를 향한 두근거림이 5년, 10년 계속된다면 그땐 부정맥을 의심해야 한다.

　달리기를 향한 러너들의 마음도 예외는 아니다. 뜨겁게 사랑하고 모든 열정을 쏟아붓는 시절이 존재하듯 그 반대편에는 짜게 식은 마음과 성의 없는 태도의 나날들도 있기 마련이다. 특히 마라톤처럼 큰 일을 치른 후라면, 더군다나 오랜 시간 준비해 목표까지 이뤄냈다면 어김없이 권태라는 감정이 날아든다. 불과 얼마 전 풀코스를 완주했다는 사실조차 믿기 어려울 만큼 달리기 싫은 상태. 모두가 한 번쯤 겪는 그 무뎌짐의 계절을 러너들은 '런태기'라 부른다.

　물론 내게도 런태기는 찾아왔다. 그 시절을 얘기하기 앞서 우선 파리 마라톤 이후의 시간을 요약하자면 이렇다. 생애 첫 마라톤을 완주하고 절치부심하며 다음 대회를 준비했다. 두 번째 목적지는 포틀랜드였다. 당시 힙스터병에 걸렸던지라 힙스터의 성지 포틀랜드는 자연스러운 선택이었다. 포틀랜드 마라톤은 뉴욕이나 보스턴 마라톤만큼의 규모는 아니더라도 오리건 주에서 가장 큰 데다 50년 전통을 자랑하는 대회다. 힙통령을 꿈꾸던 내게 포틀랜드 마라톤은 운명처럼 다가왔다. 생각해보면 파리 마라톤도 운명으로 다가왔는데, 내 인생엔 운명의 출입이 뭐 이리 잦은지 모르겠다.

이번에도 약간의 허세는 있었지만 두 번째 마라톤을 향한 태도는 180도 달랐다. 알맹이 없는 허세의 결말은 이미 파리에서 온몸으로 확인한 뒤였기에, 여름 내내 할 수 있는 최선을 다했다. 일주일에 두 번씩 트랙 훈련에 나섰고 주말이면 빠짐없이 LSD 훈련에 임했다.

과정은 공정했고 결과는 정의로웠다. 오르막이 잦은 험난한 코스를 뚫고 4시간 29분을 기록했다. 언뜻 보기에 특별할 것 없는 기록이지만 내겐 뜻밖의 선물이었다. 몇 달 전 파리 마라톤보다 무려 30분 이상 앞당긴 기록이었고 아무리 선전해도 어려울 거라 여긴 4시간 30분의 벽을 넘어섰다.

예상 밖의 성취는 얼떨떨한 기쁨과 후덜덜한 후유증을 남겼다. 뜻밖의 기록에 한껏 웃음 지었지만 마음 한구석에는 정체 모를 불안이 남았다. 자축의 밤을 보내고 다음 날 아침이 되어서야 그 불안의 정체와 마주했다. 이제 앞으로 뭘 해야 할지 막막해진 것이다. 처참하게 실패했지만 뚜렷한 숙제를 남긴 파리 마라톤과는 정반대 상황이었다. 달리기는 늘 내게 다음 목표를 제시해줬다. 하나를 이루면 곧바로 다음 단계를 떠올리게 했다. 5km 안 쉬고 달리기에서 출발한 목표는 꼬리에 꼬리를 물며 포틀랜드 마라톤까지 이어졌다. 하지만 풀코스 마라톤까지, 그것도 꽤 만족스러운 기록으로 끝마치자 다음 목표가 있어야 할 자리가 텅 비고 말았다.

물론 더 나은 기록을 목표로 삼을 수 있었다. 하지만 레이스를 복기하다 보니 쉽지 않음을 직감했다. 포틀랜드 마라톤은 노력과 천운의 합작품이었다. 여름 내내 스스로 자부심을 가질 만큼 열심히 훈련했다. 대회 당일 컨디션과 동기부여 역시 훌륭했다. 기록을 결정하는 두 가지 요소, 노력과 행운이 더할 나위 없이 잘 들어맞은 레이스였다. 어쩌면 이번이 러너로서 낼 수 있는 최상의 결과는 아니었을까 지레짐작했다.

더 결정적인 이유는 따로 있었다. 처음부터 다시 시작할 엄두가 나지 않았다. 파리 마라톤을 시작으로 포틀랜드 마라톤까지, 1년 동안 쉼 없이 대회를 준비했다. 디데이를 정해두고 몸 만드는 일을 1년 내

내 지속하니 정신적인 피로가 임계치에 다다랐다. 게다가 다시 모든 걸 쏟아붓는다 하더라도 앞으로 더 나은 결과를 낼지 확신할 수 없었다. 목표가 표류하자 열정은 금세 방향을 잃고 사그라들기 시작했다. 런태기의 막이 오르는 순간이었다. 마치 "상민이는 그렇게 최고 기록을 찍고 행복하게 살았답니다"로 끝나는 동화책처럼 포틀랜드 마라톤 후 나의 달리기 스토리는 갑작스레 결말로 치달았다.

런태기에 놓인 러너들은 비슷한 증상을 보인다. 우선 작은 변수에도 놀랍도록 민감하게 반응한다. 물론 그 변수는 뛰지 않을 구실에만 요란히 작동한다. 평소라면 무시하고 뛰었을 보슬비와 옅은 미세먼지가 집 밖으로 한 걸음도 내디딜 수 없는 이유로 자리한다. 감기 증상의 기역 자만 보여도, 잘 못 자서 생긴 뻐근함에도 이불 속 요양의 길을 택한다. 때로는 잿밥에 더 관심을 두기도 한다. 가령 술자리를 위해 러닝 크루에 성실히 출석한다. 오늘의 코스와 페이스보다는 1차, 2차 뒤풀이 코스와 주종 결정에 더 많은 품을 들인다. 그때의 달리기는 뒤풀이를 달리기 위한 워밍업에 불과하다.

권태의 늪에서 벗어나는 뚜렷한 방법은 없다.

러너들의 이야기를 들어봐도 모두들 각자 다른 계기를 발판 삼아 달리기 싫어증에서 빠져나온다. 나의 경우 체중계에 뜬 숫자에 충격을 받아 다이어트를 위해 다시 뛰기 시작했다. 어떤 이는 평소 워밍업으로 뛰던 속도에도 나가떨어질 만큼 저조해진 체력에 실망하고는 다시 의지를 불태웠다. 뾰족한 방법이 없기에 스스로의 무기력함을 탐탁지 않아 하면서도 쉽게 그 굴레에서 벗어나지 못한다.

확실한 탈출구가 존재하기는 한다. 시간이다. 시간이 지나면 런태기는 자연스레 해결된다. 파스, 빨간약과 함께 3대 만병통치약으로 꼽히는 시간은 런태기마저 치료한다. 시간은 무뎌질 대로 무뎌져 뭉툭해진 감정을 다시 뾰족한 모양으로 깎아낸다. 그렇게 다시 뾰족해진 마음에 작은 계기 하나가 얻어걸릴 때, 러너들은 원래의 자리로 돌아온다. 물론 사람마다 재활 기간의 차이는 있지만 어쨌든 처음부터 좋아해서 시작한 일이기에, 달리며 누린 즐거움과 추억이 가득하기에, 결국 대부분은 익숙한 품으로 돌아오기 마련이다.

눈에 띄는 건 런태기를 겪은 후의 이야기다. 깨진 연애는 다시 붙이기 어렵다지만 짧은 이별 후 재회한 달리기에 러너는 놀랍도록 찐득하게 엉겨 붙는다. 왜 모든 것은 잃고 나서야 그 소중함을 깨닫는지. 달리기를 밀어냈던 자리에는 그동안 쏟았던 애정만큼의 공허함이 남는다. 처음에는 잘 느끼지 못하다가 차곡차곡 쌓이는 시간이 허전함의 속살을 자극하고서야 그 공백을 깨닫는다. 문득 상실감에 사로잡혀 어느 새벽, 달리기에 문자를 남긴다. "자니?"

런태기 탈출 후에 달리기는 더 확고한 일상으로 자리한다. 달리기에 빠져 호들갑 떨던 시절과 어떻게든 안 달리려 도망 다니던 시간을 모두 겪어서일까? 서로 볼 꼴 못 볼 꼴 다 본 달리기는 이제 일상의 일부로 자리 잡는다. 그전까지는 마라톤처럼 특정 목표 달성을 위한 이벤트의 성격이 강했다면 런태기 후 일상으로서의 달리기는 별다른 목적 없이도 잘 굴러가는 삶의 습관이 된다.

러너에게 런태기는 필연적으로 찾아온다. 나야 운 좋게 적당한 계기를 만나 그 권태의 늪에서 빠져나왔지만 오랜 시간 런태기에서 빠져나오지 못하는 러너도 많고 끝내 이겨내지 못한 채 이탈하는 사람들도 종종 목격한다. 물론 문제라고까진 할 수 없다. 달리지 않는다고 삶이 무너지진 않으니깐. 누구나 지난 과거를 돌이키면 열정을 쏟아부었다 거짓말처럼 떠나보낸 취미가 한둘쯤은 있을 것이다. 달리기도 그중 하나가 아니란 법은 없다. 인간관계에 찾아온 권태와 달리 런태기에는 극복의 당위성이 없다.

하지만 한번쯤은 느슨해진 그 마음을 붙잡아보길 권한다. 달리기는 생각보다 마음이 약해서 우리가 다시 손을 내밀면 언제든 그 손을 덜컥 붙잡고는 쉬이 놓아주지 않는다. 인간 열정 발광체 유노윤호 선생님도 말하지 않았던가. 슬럼프가 왔다는 건 자기 인생에 최선을 다했다는 증표라고. 런태기란 이름의 슬럼프는 지난 시간 당신이 정말 열심히 달렸음을 의미한다. 따라서 떨칠 수 없는 무기력에 자책할 필요가 전혀 없다. 여전히 달리기는 발걸음을 내딛던 그곳에서 당신을 기다리고 있다. 언젠가 당신이 돌아오리란 확신과 함께.

오사카 마라톤이 남긴 이야기

여섯 번의 마라톤을 치르고 나니 한 가지 확신이 생긴다. 당연하지만 이게 참 보통 일이 아니라는 것. '심심한데 마라톤이나 나가볼까?' 하고 신청 버튼을 누르는 사람은 없다. 가벼운 마음으로 시험 삼아 하기엔 들여야 하는 노력과 디데이에 마주할 고통이 너무도 크다. 그럼 4시간을 하염없이 달려야 하는 이 일에 왜들 그리 매달리는 걸까. 이성과 논리의 영역을 한참이나 헤맸지만 그 이유를 찾을 수 없었는데, 오히려 그 테두리 밖으로 눈을 돌리자 정답 하나가 우뚝 서 있었다.

'믿음'이다. 여러 질감의 믿음들이 우리를 마라톤의 출발선으로 이끈다. 대개는 나를 옭아맨 한계를 넘어설 수 있다는 믿음, 42.195km를 달려 그 한계를 극복해내고 더 나은 사람이 될 거라는 믿음이다. 그 신념이 여름과 겨울의 지난한 훈련을 버티게 하고 3시간 훌쩍 넘는 고난의 뜀박질을 가능케 한다. 마라톤이 기록보다 완주에 의의를 두는 것도 그래서다. 각자의 믿음을 완주로써 성취한 사람들은 그 자체만으로 박수를 받는다. 그런데 가끔은 거기서 한 발 더 나아간 사람들을 목격한다. 개인의 크기를 넘어선 신념과 함께 달리는 사람들. 가장 최근 완주한 오사카 마라톤에서도 그들을 만날 수 있었다.

10km 지점을 지날 즈음이었다. 아직 자신감이 넘치는 지점이기에 시선은 여유로이 다른 러너들에게 향했다. 듣던 대로 일본 마라톤은 보는 재미가 있었다. 일본 참가자들은 기록보단 참여에 의의를 두고 마라톤을 축제처럼 즐긴다. 그래서 평범하게 뛰는 사람이 별로 없다. 모자 위에 피카추 인형을 얹고 뛰거나 세일러문 풀착장을 한 아저씨부터 정장에 구두를 신고 뛰는 사람, 기모노 입고 달리는 참가자까지. 역시 코스프레의 민족이라며 감탄하던 중 저 멀리 안전모와 방독면으로 무장한 무리를 발견했다. 저건 또 뭐지 싶어 속도를 내 다가갔다. 가까워지자 예상 못한 감정 하나가 나를 묵직하게 깨웠다. 옷에는 노란 우산 그림과 힘찬 필치의 글자가 박혀 있었다.

"Stand with HONG KONG."

홍콩에서 날아온 러너들이었다. 잘 알려진 것처럼 노란 우산은 홍콩 민주화운동을 상징하고 방독면과 안전모는 홍콩 경찰에 대한 저항을 의미한다. 그냥 달리기도 버거운 마라톤에서 그들은 무거운 안전모와 방독면까지 쓰고 숨이 턱턱 막힐 레이스를 이어가고 있었다. 개인의 성취보다 더 거대한 신념이었고 믿음이 아니고서는 설명하기 어려운 광경이었다.

그들은 달리는 데 그치지 않고 같은 옷을 입은

동료들과 마주칠 때마다, 그리고 레이스 중간중간 설치된 포토 존을 지날 때마다 준비한 플래카드를 꺼내 구호를 외쳤다. 중국어를 전혀 몰라도 그 외침에 담긴 의미와 절실함이 선명히 전해졌다. 그들이 이번 마라톤에 담은 신념은 대단했다. 함께 뛰는 나마저도 가슴이 뜨거워졌다. 하지만 내가 할 수 있는 건 엄지를 치켜들어 응원하는 것뿐이었다. 우선 레이스의 완주를, 그리고 반드시 쟁취할 그들의 미래를.

그날의 경험은 2년 전 기억을 떠올리게 했다. 하프 주자로 참여한 서울국제마라톤이었다. 마지막 7~8km는 풀코스 마라톤의 주자들과 코스를 공유하며 달리는 대회였다. 내게는 18km, 풀코스 러너들에게는 마의 38km 지점이었다. 헐떡이며 달리는 내 앞으로 뭔가를 들고 달리는 사람이 보였다. 뒷모습만 보아도 너무 힘들어 보이는 그와 조금씩 거리가 좁혀졌다. 청년의 손에는 연륜의 흔적이 고스란히 내려앉은, 하지만 그와 똑 닮은 얼굴의 영정사진이 들려 있었다. 그 순간 형용할 수 없는 감정이 일렁였다. 안 그래도 한껏 부풀어 오른 폐가 그만큼이나 부푼 감정과 만나 통제할 수 없는 지경에 이르렀다. 앞지르며 바라본 그의 얼굴은 이미 고통으로 일그러져 있었다.

하지만 주로에 있는 어느 누구보다 강인한 의지가 서려 있었다. 나는 그때 확신했다. 이 사람은 반드시 완주해낼 거라고.

오사카 마라톤에서는 4시간 40분이라는 기록을 남겼다. 다치지 않고 완주했음에 안심하면서도 어쩔 수 없이 새어 나오는 실망을 감추기 어려웠다. 여름 내내 치열하게 준비했고 중간 결과들도 훌륭했다. 내심 최고 기록을 세울 거라 확신했기에 완주의 기쁨보단 아쉬움이 더 짙었다. 회복 탄력성이 좋지 않은 나는 그날 꽤나 기나긴 좌절의 밤을 보냈다. 그럼에도 얼마 지나지 않아 다시 출발선으로 돌아올 수 있었다. 홍콩 러너들과 함께 달린, 오사카에서의 기억 덕분이었다. 각자의 신념을 가진 사람들, 때로는 위대한 믿음을 지닌 사람들과 같은 방향을 바라보며 달리는 것은 한두 번 실패했다고 그만두기엔 너무 황홀한 경험이다. 그리고 또 모르지. 나도 다음엔 멋진 믿음을 담아 달리고 있을지도.

버리지 않는 마음

러너에게 러닝화는 주기적으로 바꿔 끼는 부품과 같다. 일정 거리 이상을 달리면 그 소임을 다하기에 정기적으로 바꿔줘야 한다. 러닝화의 교체 주기는 대개 1,000km정도라고들 한다. 어마어마해 보이는 거리지만, 꾸준히 달리는 러너라고 가정하면 6개월에서 길어 봐야 1년 안에 거뜬히 소화할 수 있다. 물론 그 이상을 달려도 신는 데는 문제가 없다. 다만 러닝화로서의 기능은 다했기 때문에 기록에 좋은 영향을 주지 못하고 무엇보다 부상 위험이 커진다.

보통은 대회를 두어 달 앞두고 새 러닝화를 산다. 대회 준비의 일환이자, 특히 마라톤을 앞둔 러너에게는 성스러운 의식과 같다. 여러모로 신중을 기해야 하는 소비이기도 하다. 가격이 15만 원 내외로 꽤 고가인 것도 그렇고 무엇보다 대회 기록과 직결되는 일이니까. 그렇게 새로 산 러닝화를 세심히 길들여 내 발과 한 몸으로 만들고 대회 날 함께 결승선을 통과한다.

영광의 순간을 함께한 러닝화들은 결코 잊을 수 없다. 파리 마라톤에 이어 포틀랜드 마라톤까지 함께한 미즈노 웨이브 인스파이어13, 베를린과 시카고 마라톤의 결승선을 함께 넘은 아식스 젤카야노24, 가장 최근 오사카 마라톤을 함께한 브룩스의 라벤나까지.

마라톤 완주 메달이 거대한 도전의 보상이라면 러닝화는 그 위대한 여정을 함께한 동반자다.

마라톤을 끝마친 밤이면 메달과 기념품, 러닝화 등을 한데 모아놓고 빛났던 하루를 복기한다. 다른 마라토너들이 먹고 마시며 화려한 파티로 완주를 자축하는 동안 나는 마라톤이 남긴 이야기들을 홀로 조용히 되새기는 편이다. 마라톤을 주로 해외에서 뛰며 생긴 루틴이다. 달리기에 모든 에너지를 쏟아냈기에 나가서 놀 힘이 없는 것도 사실이다.

호텔로 돌아오면 씻고 곧장 침대로 향한다. 다 끝났다는 안도와 동시에 피로가 온몸으로 밀려든다. 그렇게 곯아떨어지면 자연스레 늦은 밤과 이른 새벽 사이 눈을 뜬다. 그제야 지난 하루의 짐을 정리하기 시작한다. 땀에 전 운동복을 물에 담그고 완주 후 받은 기념품들을 하나하나 확인한다. 완주 메달은 가장 잘 보이는 곳에, 그 옆에는 함께 결승선을 밟은 러닝화를 놓는다. 지난 오사카 마라톤부터는 여기에 한 가지가 추가됐다. 가방에서 신발 하나를 더 꺼내 나란히 둔다. 대회를 준비하며 신었던 훈련용 연습화다.

실전용 러닝화가 있다면 그 한편에는 준비 과정을 위한 신발 역시 존재한다. 연습화는 대회를 위해 여름과 겨울 동안 함께 땀 흘린 신발이다. 가장 격렬한 시간을 통과했던 만큼 연습화의 모양새는 여러모로 초라하다. 이미 1,000km를 훌쩍 넘는 거리를 달렸기에 밑창은 닳아 있고 쿠션 역시 푹 꺼져 있다. 달릴 때 발목 안쪽으로 힘이 가해지는 내전형 러너인 탓에 엄지발가락을 따라 모양은 뒤틀리고 군데군데 구멍 나기 직전일 정도로 해져 있다. 하지만 그 초라함이 밉지 않다. 지난 계절 쏟아낸 땀과 고통스러웠던 걸음걸음을 고스란히 담고 있기 때문이다. 마라톤 완주를 자축하는 자리에 연습화까지 합류하니 그제야 이번 여정의 이야기가 완성된 기분이다.

대회 때 연습화를 챙기기 시작한 건 그리 오래되지 않았다. 언젠가 신발장을 정리하다 구석에 처박혀 있던 연습화들을 우연히 보고부터다. 대회용 신발들은 비록 제 수명을 다하더라도 잘 보존되기 마련이다. 완주 메달과 함께 어딘가에 고이 모셔져 빛나는 과거의 한 장면으로 박제된다. 하지만 연습화는 아니다. 대회용 신발을 사는 순간부터 어디에 뒀는지조차 까먹을 정도로 소외된다. 마라톤을 준비하며 훨씬 오랜 시간을 함께했지만 완주의 스포트라이트는 오롯이 대회용 신발에 향한다. 물건에 미안한 감정을 담는 게 지나치게 감상적인가 싶다가도 초라한 연습화들의 모습에 다시 마음이 움직였다. 목표를 위해 각자의 역할을 했음에도 어떤 건 평생 남을 기억의 순간으로, 다른 어떤 건 먼지 쌓인 망각의 영역으로 자리한다. 불공평하단 생각이 들었다. 대회에 함께하지는 못해도 완주의 땅이라도 밟게 해주자는 마음으로 결국 캐리어에 연습화를 챙겨 넣기 시작했다.

삶에서 결과는 종종 과정의 의미를 집어삼킨다. 달리기만 놓고 봐도 그렇다. 그동안 아무리 열심히 훈련했다 한들 대회 당일에 삐끗하면 결국 아쉬운 기록만이 남는다. 훈련하며 흘린 땀과 고통의 과정들은 초라한 결과 앞에서 허무하리만큼 빠르게 그 의미를 잃고 만다. 인간관계나 사회생활에서 그 사실은 더 선명히 드러난다. 아무리 과정이 훌륭하고 진실됐다 하더라도 결국 결과로써 증명해야 한다. 그리 유쾌한 삶의 원리는 아니다. 그렇다고 과정도 결과만큼 중요하다는 순진한 말이나, 결과에 연연하기보단 과정에 의미를 두자는 몽상가적인 얘기를 하려는 건 아니다. 속물 같긴 해도 결국 내가 발 디딘 세상에서는 과정보단 결과의 손을 들어줄 수밖에 없다. 하지만 그런 삶의 원리를 거스를 순 없을지언정 과정의 의미를 기억하고 되새기는 건 꽤 중요한 일이라 믿는다.

어떻게 나이 들길 바라는지 스스로에게 자주 묻는다. 그때마다 나의 답은 한결같다. 살아온 결과로서 누리고 있는 것들에 대해 겸손한 어른이길 바란다. 손에 쥐고 있는 것들이 오롯이 나의 능력 덕이라 생각하지 않았으면 한다. 그것들이 내게 오기까지 거쳐온 시간과 과정, 누군가로부터 받은 도움을 잊지 않는 사람으로 늙고 싶다. 그렇게 과정을 잊지 않고 기억해온 시간들이 나를 올바른 어른의 방향으로 이끌어주리라 믿는다.

앞으로도 연습화의 처지는 그리 달라지지 않을 것 같다. 훈련 기간에 죽어라 고생만 하고 정작 실전에서는 외면받을 예정이다. 완주 후 찍은 기념사진에는 대회용 신발만이 남을 것이다. 하지만 비좁은 신발장을 채운 연습화들을 기억하는 한, 함께 달리며 지나온 모든 과정은 내 삶 속 어딘가에 영원히 남아 있을 것이다.

다시 출발선

인적 드문 야심한 밤, 산책로에 한 남자가 서 있다. 잔뜩 어색하던 동작은 제법 능숙해지고, 목 늘어난 티셔츠와 정체 모를 추리닝 바지는 꽤 그럴듯한 러닝 복장으로 바뀌어 있다. 느닷없이 시작된 레이스에도 한결 여유로운 모습이다. 티라노사우루스의 앞발처럼 휘적이던 팔은 일정 각도를 그리며 간결해졌다. 한 발 한 발에 최소한의 무게만을 실어 가벼운 스텝을 이어가고 호흡 역시 안정적이다. 무아지경의 뜀박질은 5km 알람 소리에 멈춰 선다. 고통을 온몸으로 부르짖던 예전과 달리 이마에 맺힌 땀방울을 닦아내는 걸로 충분하다. 5년 전 달리기의 첫발을 내디뎠던 출발선에 그렇게 나는 다시 서 있다.

달리기는 순환의 고리를 그려가는 일이다. 우선 달리는 행위 자체가 양팔과 다리, 호흡의 끊임없는 반복으로 이뤄진다. 달리기를 취미로 삼는다는 건 이 반복의 움직임을 매일 반복함을 의미한다. 러너로서 그려나가는 궤적 역시 돌고 도는 순환의 이야기다. 10km에서 시작해 하프 마라톤, 최종적으로 풀코스 마라톤을 완주하며 하나의 사이클을 완성한다. 그 뒤로는 다시 단거리로 돌아가 더 나은 기록에 도전하며, 또 한 번의 기나긴 여정을 시작한다.

물론 그것이 반복적인 '복사-붙여넣기'를 의미하진 않는다. 순환의 고리는 얼핏 비슷한 모습을 띠는 듯하지만 시간이 갈수록 원은 더 크고 광활한 궤적을 그린다. 같은 시간, 같은 장소에서 똑같이 5km를 달렸음에도 5년 전과 오늘의 나 사이에 거대한 차이가 존재하는 이유다. 우선은 비교할 수 없을 정도로 나아진 실력이 있고, 무엇보다 더 넓고 깊으며 단단해진 내가 있다. 처음에는 점과도 구분되지 않을 작은 원에서 출발했지만, 그렇게 시작된 항해는 차마 가늠하지 못했던 곳으로 나를 이끌었다. 사람이 어떻게 10km를 뛰냐 했던 왕초보는 연례행사로 풀코스 마라톤을 달리는 러너가 되었다. 달리기가 남긴 놀라운 경험과 좋은 사람들 덕에 더는 경험하지 못할 거라고 생각했던 감정들과 다시금 조우했다. 그리고 달리며 맞닥뜨린 희로애락을 기록하다 보니 이렇게 책으로까지 전할 수 있게 됐다.

헤밍웨이는 말했다. 진정한 고귀함이란 타인보다 뛰어난 것이 아닌, 어제보다 더 나은 내가 되는 것이라고. 달리기와 함께해온 지난 여정을 되돌아본다. 5년 전 출발선에는 쫓기듯 치여 살며 이리저리 휘청이는 내가 있다. 그리고 5년이 지나 다시 선 출발선에는 달리기로 중심을 잡으며 씩씩하게 한 걸음씩 나아가는 내가 있다. 이 간극이 헤밍웨이가 말한 그것이라면 조금은 자신 있게 말할 수 있을 것 같다. 나는 달리며 고귀함을 느낀다. 적어도 어제보다 덜 부끄러운 사람이 되려 앞으로도 나는 계속 달릴 것이다. 그리고 더 크고 단단한 순환의 고리를 그려나갈 생각이다. 앞으로도 녹록지 않은 여정이겠지만 삶이 던지는 크고 작은 물음표에 나의 대답은 이미 준비돼 있다. 내게는 아무튼 달리기라고.

나를 만든 세계, 내가 만든 세계
'아무튼'은 나에게 기쁨이자 즐거움이 되는,
생각만 해도 좋은 한 가지를 담은 에세이 시리즈입니다.
위고, 제철소, 코난북스, 세 출판사가 함께 펴냅니다.

아무튼, 달리기

초판 1쇄 2020년 9월 25일
초판 8쇄 2024년 9월 20일

지은이 김상민
편집 김아영, 곽성하
디자인 일구공 스튜디오
제작 세걸음

펴낸곳 위고
펴낸이 이재현, 조소정
등록 2012년 10월 29일 제406-2012-000115호
주소 경기도 파주시 돌곶이길 180-38 1층
전화 031-946-9276
팩스 031-946-9277

hugo@hugobooks.co.kr
hugobooks.co.kr

ISBN 979-11-86602-55-3 02810